U0079952

STS

山田社

STS

山田社

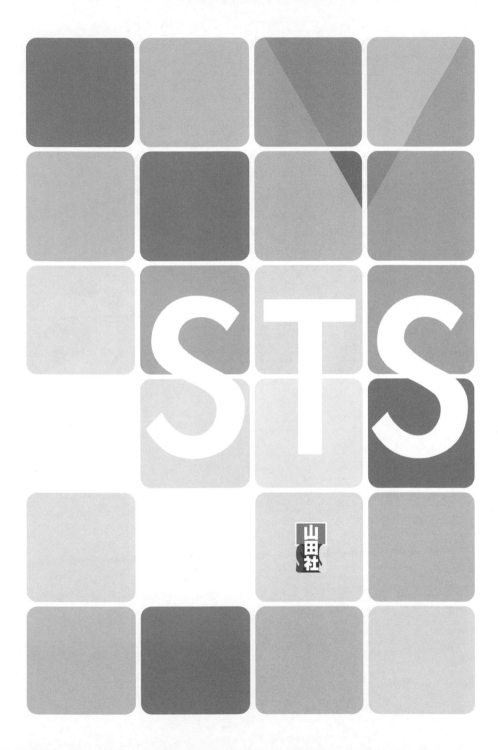

STS

山田社

王牌の
情境圖解生活
800日單字

背過的單字就變成是你自己的

吉松由美　著

MP3　附贈朗讀
並加強演練
增加做題
熟悉度
和速度

山
社S

前言

相見恨晚！積小勝為大勝！
背過就變成是自己的！
情境圖解王牌生活單字！

《王牌情境圖解生活800日單字》就是要您
把單字背過就變成是自己的。

特色有：

① 內容循序漸進，由淺入深，快速獲取達人實力的夢想。
② 單字「場景+圖像」學習，在相同場景上集中火力，單字記憶量，瞬間暴增數倍。
③ 「單字+類對義詞」生活單字多元學習，延伸活用能力。
④ 超強例句，精選固定搭配詞組，累積超強實力。
⑤ 例句加入填空，以達到認字、組詞、造句等綜合運用能力，一次學習，事半功倍！

1.多元且由淺入深，積小勝為大勝！

每個單字都包含的詞性、意義、解釋、類・對義詞、中譯、用法等等，讓您精確瞭解單字各層面的字義，活用的領域更加廣泛。內容循序漸進，由淺入深，積小勝為大勝，一次次穩紮穩打的鍛鍊，學出好日語。

2.同類單字一次記下來！

依照「場景+圖像」分門別類，把真實生活中可能會遇到的情境帶出來，集合同類單字，再加上圖像，讓您頭腦清晰秒記單字。中譯解釋的部份，去除冷門字義，並依照常用的解釋依序編寫而成。讓您在最短時間內，瞬間數倍暴增單字量。

3.背完單字不活用，就虧大！

　　要怎麼用才真正符合「活用」的精神？本書每個單字下面帶出1個例句，例句精選該單字常接續的詞彙、常使用的場合、常配合的生活文法。這樣把單字帶入生活實際情境句中，多加使用也加多吸收，背過就變成自己的，才是活用的關鍵！

4.利用「填空」腦力激盪！

　　為了讓您從句子記單字，加深對單字的理解，書中每個例句再設計出，根據上下文選擇適切語彙的填空測驗，透過一邊背單字，一邊測驗，多管齊下，效果好！

5.累積聽力才是王道！

　　日語不能只在紙上談兵，看看日檢考試著重聽力就知道。為此，書中還附贈專業日籍老師錄製的光碟，幫助您熟悉生活上的語調及速度。建議大家充分利用生活中一切零碎的時間，反覆多聽，在密集的刺激下，把生活單字、文法、例句聽熟，打下了堅實的聽力基礎。

目錄

詞性說明

詞性	定義	例（日文／中譯）
名詞	表示人事物、地點等名稱的詞。有活用。	門 /大門
形容詞	詞尾是い。說明客觀事物的性質、狀態或主觀感情、感覺的詞。有活用。	細い /細小的
形容動詞	詞尾是だ。具有形容詞和動詞的雙重性質。有活用。	静かだ /安静的
動詞	表示人或事物的存在、動作、行為和作用的詞。	言う /說
自動詞	表示的動作不直接涉及其他事物。只說明主語本身的動作、作用或狀態。	花が咲く /花開。
他動詞	表示的動作直接涉及其他事物。從動作的主體出發。	母が窓を開ける /母親打開窗戶。
五段活用	詞尾在ウ段或詞尾由「ア段＋る」組成的動詞。活用詞尾在「ア、イ、ウ、エ、オ」這五段上變化。	持つ /拿
上一段活用	「イ段＋る」或詞尾由「イ段＋る」組成的動詞。活用詞尾在イ段上變化。	見る /看 起きる /起床
下一段活用	「エ段＋る」或詞尾由「エ段＋る」組成的動詞。活用詞尾在エ段上變化。	寝る /睡覺 見せる /讓…看
變格活用	動詞的不規則變化。一般指カ行「来る」、サ行「する」兩種。	来る /到來 する /做
カ行變格活用	只有「来る」。活用時只在カ行上變化。	来る /到來
サ行變格活用	只有「する」。活用時只在サ行上變化。	する /做
連體詞	限定或修飾體言的詞。沒活用，無法當主詞。	どの /哪個
副詞	修飾用言的狀態和程度的詞。沒活用，無法當主詞。	余り /不太…
副助詞	接在體言或部分副詞、用言等之後，增添各種意義的助詞。	～も /也…

終助詞	接在句尾，表示説話者的感嘆、疑問、希望、主張等語氣。	か／嗎
接續助詞	連接兩項陳述內容，表示前後兩項存在某種句法關係的詞。	ながら／邊…邊…
接續詞	在段落、句子或詞彙之間，起承先啟後的作用。沒活用，無法當主詞。	しかし／然而
接頭詞	詞的構成要素，不能單獨使用，只能接在其他詞的前面。	御<ruby>御<rt>お</rt></ruby>～／貴（表尊敬及美化）
接尾詞	詞的構成要素，不能單獨使用，只能接在其他詞的後面。	～枚<ruby>枚<rt>まい</rt></ruby>／…張（平面物品數量）
造語成份（新創詞語）	構成復合詞的詞彙。	一昨年<ruby>一昨年<rt>いっさくねん</rt></ruby>／前年
漢語造語成份（和製漢語）	日本自創的詞彙，或跟中文意義有別的漢語詞彙。	風呂<ruby>風呂<rt>ふ ろ</rt></ruby>／澡盆
連語	由兩個以上的詞彙連在一起所構成，意思可以直接從字面上看出來。	赤<ruby>赤<rt>あか</rt></ruby>い傘<ruby>傘<rt>かさ</rt></ruby>／紅色雨傘 足<ruby>足<rt>あし</rt></ruby>を洗<ruby>洗<rt>あら</rt></ruby>う／洗腳
慣用語	由兩個以上的詞彙因習慣用法而構成，意思無法直接從字面上看出來。常用來比喻。	足<ruby>足<rt>あし</rt></ruby>を洗<ruby>洗<rt>あら</rt></ruby>う／脫離黑社會
感嘆詞	用於表達各種感情的詞。沒活用，無法當主詞。	ああ／啊（表驚訝等）
寒暄語	一般生活上常用的應對短句、問候語。	お願<ruby>願<rt>ねが</rt></ruby>いします／麻煩…

其他略語

呈現	詞性	呈現	詞性
對	對義詞	近	文法部分的相近文法補充
類	類義詞	補	補充説明

詞性	活用變化舉例			
	語幹	語尾		變化
形容詞	やさし （容易）	い		現在 肯定	<u>やさし</u> ＋ <u>い</u> 語幹　　形容詞詞尾
			です		<u>やさしい</u> ＋ <u>です</u> 基本形　　　敬體
		く	ない（です）	現在 否定	やさし<u>く</u> － ＋ <u>ない</u>（<u>です</u>） （い→く）　否定　敬體
			ありません		－ ＋ <u>ありません</u> 否定
		かっ	た（です）	過去 肯定	やさし<u>かっ</u> ＋ <u>た</u>（<u>です</u>） （い→かっ）　過去　敬體
		く	ありません でした	過去 否定	やさし <u>くありません</u> ＋ <u>でした</u> 否定　　　　　過去
形容動詞	きれい （美麗）	だ		現在 肯定	<u>きれい</u> ＋ <u>だ</u> 語幹　　形容動詞詞尾
		で	す		<u>きれい</u> ＋ <u>です</u> 基本形　「だ」的敬體
		で	はあり ません	現在 否定	きれい <u>で</u> ＋ は ＋ <u>ありません</u> （だ→で）　　　否定
		で	した	過去 肯定	きれい <u>でし</u> <u>た</u> （だ→でし）過去
		で	はありませ んでした	過去 否定	きれい <u>ではありません</u> ＋ <u>でした</u> 否定　　　　　過去
動詞	か （書寫）	く		基本 形	<u>か</u> ＋ く 語幹
		き	ます	現在 肯定	か <u>き</u> ＋ます （く→き）
		き	ません	現在 否定	か <u>き</u> ＋ <u>ません</u> （く→き）　否定
		き	ました	過去 肯定	か <u>き</u> ＋ <u>ました</u> （く→き）　過去
		き	ません でした	過去 否定	<u>かきません</u> ＋ <u>でした</u> 否定　　　　過去

動詞基本形

相對於「動詞ます形」，動詞基本形說法比較隨便，一般用在關係跟自己比較親近的人之間。因為辭典上的單字用的都是基本形，所以又叫辭書形。
基本形怎麼來的呢？請看下面的表格。

五段動詞	拿掉動詞「ます形」的「ます」之後，最後將「イ段」音節轉為「ウ段」音節。	かきます→かき→かく ka-ki-ma-su → ka-ki_ → ka-ku
一段動詞	拿掉動詞「ます形」的「ます」之後，直接加上「る」。	たべます→たべ→たべる ta-be-ma-su → ta-be → ta-be-ru
不規則動詞		します→する shi-ma-su → su-ru きます→くる ki-ma-su → ku-ru

自動詞與他動詞比較與舉例

自動詞	動詞沒有目的語 形式：「…が…ます」 沒有人為的意圖而發生的動作	火　が　消えました。（火熄了） 主語　助詞　沒有人為意圖的動作 ↑ 由於「熄了」，不是人為的，是風吹的自然因素，所以用自動詞「消えました」（熄了）。
他動詞	有動作的涉及對象 形式：「…を…ます」 抱著某個目的有意圖地作某一動作	私は　火　を　消しました。（我把火弄熄了） 主語　目的語　有意圖地做某動作 ↑ 火是因為人為的動作而被熄了，所以用他動詞「消しました」（弄熄了）。 

日語單字

サルでもわかる神業 カミワザ

小菜一碟！猴子也學得會！

相見恨晚！積小勝為大勝！
背過就變成是自己的！
情境圖解王牌生活單字！

1 | 場所、空間與範圍

1 うら **裏**	名 裡面，背後	類 後ろ（背面） 對 表（正面）
2 おもて **表**	名 表面；正面	類 正面（正面） 對 裏（背後）
3 いがい **以外**	名 除外，以外	類 その他（之外） 對 以内（之內）
4 うち **内**	名 ～之內；～之中	類 内部（裡面） 對 外（外面）
5 まなか **真ん中**	名 正中間	類 中央（中央） 對 隅（角落）
6 まわ **周り**	名 周圍，周邊	類 周囲（四周）
7 あいだ **間**	名 中間；期間；之間	類 中間（中間）
8 すみ **隅**	名 角落	類 端っこ（角落）
9 てまえ **手前**	名・代 眼前；靠近自己這一邊；（當著～ 的）面前；（謙）我，（藐）你	
10 てもと **手元**	名 身邊，手頭；膝下； 生活，生計	
11 こっち **此方**	名 這裡，這邊	類 此処（這裡）
12 どっち **何方**	代 哪一個	類 どれ（哪個）
13 とお **遠く**	名 遠處；很遠	
14 ほう **～方**	名 ～方，邊	類 方面（方面）
15 あ **空く**	自五 空著；閒著；有 空；空隙	類 欠ける（缺少） 對 満ちる（充滿）

Part 1

1	<ruby>裏<rt>うら</rt></ruby>	裡面，背後
2	<ruby>表<rt>おもて</rt></ruby>	表面；正面
3	<ruby>以外<rt>いがい</rt></ruby>	除外，以外
4	<ruby>内<rt>うち</rt></ruby>	～之內；～之中
5	<ruby>真ん中<rt>ま なか</rt></ruby>	正中間
6	<ruby>周り<rt>まわ</rt></ruby>	周圍，周邊
7	<ruby>間<rt>あいだ</rt></ruby>	中間；期間；之間
8	<ruby>隅<rt>すみ</rt></ruby>	角落
9	<ruby>手前<rt>て まえ</rt></ruby>	眼前；靠近自己這一邊；（當著～的）面前；（謙）我，（蔑）你
10	<ruby>手元<rt>て もと</rt></ruby>	身邊，手頭；膝下；生活，生計
11	<ruby>此方<rt>こっ ち</rt></ruby>	這裡，這邊
12	<ruby>何方<rt>どっ ち</rt></ruby>	哪一個
13	<ruby>遠く<rt>とお</rt></ruby>	遠處；很遠
14	<ruby>～方<rt>ほう</rt></ruby>	～方，邊
15	<ruby>空く<rt>あ</rt></ruby>	空著；閒著；有空；空隙

答案　① <ruby>裏<rt>うら</rt></ruby>　② <ruby>表<rt>おもて</rt></ruby>　③ <ruby>以外<rt>いがい</rt></ruby>　④ <ruby>内<rt>うち</rt></ruby>
　　　⑤ <ruby>真ん中<rt>ま なか</rt></ruby>　⑥ <ruby>周り<rt>まわ</rt></ruby>　⑦ <ruby>間<rt>あいだ</rt></ruby>　⑧ <ruby>隅<rt>すみ</rt></ruby>

紙の_____に名前が書いてあるかどうか、見てください。

請看一下紙的背面有沒有寫名字。

紙の_____に、名前と住所を書きなさい。

在紙的正面，寫下姓名與地址。

彼_____は、みんな来るだろう。

除了他以外，大家都會來吧！

今年の_____に、お金を返してくれませんか。

年內可以還我錢嗎？

_____にあるケーキをいただきたいです。

我想要中間的那塊蛋糕。

_____の人のことを気にしなくてもかまわない。

不必在乎周圍的人也沒有關係！

10年もの_____、連絡がなかった。

長達10年之間，都沒有聯絡。

部屋の_____まで掃除してさしあげた。

連房間的角落都幫你打掃好了。

_____にある箸を取る。

拿起自己面前的筷子。

_____にない。

手邊沒有。

_____に、なにか面白い鳥がいます。

這裡有一隻有趣的鳥。

_____をさしあげましょうか。

要送您哪一個呢？

あまり_____まで行ってはいけません。

不可以走到太遠的地方。

フランス料理の_____が好きかい。

比較喜歡法國料理（那一邊）嗎？

席が_____たら、座ってください。

如空出座位來，請坐下。

⑨ 手前　　　⑩ 手元　　　⑪ こっち　　　⑫ どっち
⑬ 遠く　　　⑭ ほう　　　⑮ 空い

2 地點

①	地理 <ruby>ち<rt></rt></ruby><ruby>り<rt></rt></ruby>	名 地理	類 地図（地圖） <ruby>ち<rt></rt></ruby><ruby>ず<rt></rt></ruby>
②	社会 しゃかい	名 社會	類 コミュニティ （community／共同體） 對 個人（個人） こ じん
③	西洋 せいよう	名 西洋	類 欧米（歐美） おうべい 對 東洋（東洋） とうよう
④	世界 せ かい	名 世界；天地	類 ワールド （world／世界）
⑤	国内 こくない	名 該國內部，國內	類 日本（日本） に ほん 對 国外（國外） こくがい
⑥	村 むら	名 村莊，村落	類 里（鄉間） さと
⑦	田舎 い なか	名 鄉下	類 村落（村落） そんらく 對 都会（都市） と かい
⑧	郊外 こうがい	名 郊外	類 町外れ（郊外） まちはず
⑨	島 しま	名 島嶼	類 列島（列島） れっとう
⑩	海岸 かいがん	名 海岸	類 岸（岸邊） きし 對 沖（海面） おき
⑪	湖 みずうみ	名 湖，湖泊	類 沢（沼澤） さわ

答案　① 地理　② 社会　③ 西洋　④ 世界
　　　⑤ 国内　⑥ 村　⑦ 田舎

私は、日本の_____とか歴史とかについてあまり知りません。

我對日本地理或歷史不甚了解。

_____が厳しくても、私はがんばります。

即使社會嚴峻，我也會努力的。

彼は、_____文化を研究しているらしいです。

他好像在研究西洋文化。

_____を知るために、たくさん旅行をした。

為了認識世界，常去旅行。

今年の夏は、_____旅行に行くつもりです。

今年夏天我打算要做國內旅行。

この_____への行きかたを教えてください。

請告訴我怎麼去這個村子。

_____のおかあさんの調子はどうだい？

你鄉下母親的身體還好吧？

_____は住みやすいですね。

郊外住起來舒服呢。

_____に行くためには、船に乗らなければなりません。

要去小島，就得搭船。

風のために、_____は危険になっています。

因為風大，海岸很危險。

山の上に、_____があります。

山上有湖泊。

⑧ 郊外　こうがい
⑨ 島　しま
⑩ 海岸　かいがん
⑪ 湖　みずうみ

15

CD1-2

⑫	アジア【Asia】	名 亞洲
⑬	アフリカ【Africa】	名 非洲
⑭	アメリカ【America】	名 美國
⑮	県^{けん}	名 縣
⑯	市^し	名 ～市
⑰	町^{ちょう}	名・漢造 鎮
⑱	坂^{さか}	名 斜坡
⑲	下^さがる	自五 下降

答案　⑫ アジア　⑬ アフリカ　⑭ アメリカ
⑮ 県^{けん}　⑯ 市^し　⑰ 町^{ちょう}

_____に広_{ひろ}がる。

擴大至亞州。

_____に遊_{あそ}びに行_いく。

去非洲玩。

_____へ行_いく。

去美國。

神奈川_{かながわ}_____へ行_いく。

去神奈川縣。

台北_{タイペイ}_____。

台北市。

_____長_{ちょう}になる。

當鎮長。

_____を下_おりる。

下坡。

気温_{きおん}が_____。

氣溫下降。

⑱ 坂_{さか}　　　　⑲ 下_さがる

17

1 │ 過去、現在、未來　◉ CD1-3

①	さっき	副 剛剛，剛才	類 さきに（剛才）
②	夕べ ゆう	名 昨晩	類 昨晩（昨晩） さくばん
③	この間 あいだ	副 前幾天	類 先日（前幾天） せんじつ 對 その後（那之後） ご
④	最近 さいきん	名 最近	類 近頃（這陣子） ちかごろ
⑤	最後 さい ご	名 最後	
⑥	最初 さいしょ	名 最初，首先	
⑦	昔 むかし	名 以前；十年	類 以前（以前） い ぜん 對 今（現在） いま
⑧	唯今／只今 ただいま　ただいま	副 馬上，剛才； 我回來了	類 現在（現在） げんざい
⑨	今夜 こん や	名 今晚	類 今晚（今晚） こんばん
⑩	明日 あ　す	名 明天	類 明日（明天） あした
⑪	今度 こん ど	名 這次；下次；以後	類 今回（這回） こんかい
⑫	再来週 さ らいしゅう	副 下下星期	
⑬	再来月 さ らいげつ	副 下下個月	
⑭	将来 しょうらい	名 將來	類 未来（未來） み らい 對 過去（過去） か こ

答案　① さっき　② 夕べ
ゆう　③ このあいだ　④ 最近
さいきん
　　　⑤ 最後
さい ご　⑥ 最初
さいしょ　⑦ 昔
むかし　⑧ ただいま

_____ここにいたのは、だれだい？
剛才在這裡的是誰？

_____は暑かったですねえ。よく眠れませんでしたよ。
昨天晚上真是熱死人了，我根本不太睡得著。

_____買ったのは、おいしくなかった。
前幾天買的那個並不好吃。

彼女は_____、勉強もしないし、遊びにも行きません。
她最近既不唸書也不去玩。

_____まで戦う。
戰到最後。

_____に出会った人。
首次遇見的人。

私は_____、あんな家に住んでいました。
我以前住過那樣的房子。

_____お茶をお出しいたします。
我馬上就端茶過來。

_____までに連絡します。
今晚以前會跟你聯絡。

今日忙しいなら、_____でもいいですよ。
如果今天很忙，那明天也可以喔！

_____、すてきな服を買ってあげましょう。
下次買漂亮的衣服給你！

_____遊びに来るのは、伯父です。
下下星期要來玩的是伯父。

_____国に帰るので、準備をしています。
下下個月要回國，所以正在準備行李。

_____は、立派な人におなりになるだろう。
將來您會成為了不起的人吧！

2 時間、時刻、時段 ● CD1-4

① 時（とき）	名 ～時，時候	類 頃（時候）
② 日（ひ）	名 天，日子	類 一日（終日）
③ 年（とし）	名 年齡；一年	類 年度（（工作、學業）年度）
④ 始（はじ）める	他下一 開始	類 開始（開始） 對 終わる（結束）
⑤ 終（お）わり	名 結束，最後	類 最終（最後） 對 始め（開始）
⑥ 急（いそ）ぐ	自五 急忙，快走	類 焦る（焦躁）
⑦ 直（す）ぐに	副 馬上	
⑧ 間（ま）に合（あ）う	自五 來得及，趕得上；夠用	類 足りる（夠用）
⑨ 朝寝坊（あさねぼう）	名・自サ 賴床；愛賴床的人	
⑩ 起（お）こす	他五 扶起；叫醒；引起	類 目覚ませる（使～醒來）
⑪ 昼間（ひるま）	名 白天	類 昼（白天） 對 夜（晚上）
⑫ 暮（く）れる	自下一 日暮，天黑；年終	類 夜になる（日落） 對 明ける（天亮）
⑬ 此（こ）の頃（ごろ）	副 最近	類 近頃（最近）
⑭ 時代（じだい）	名 時代；潮流；歷史	類 年代（年代）

答案 ① とき ② 日（ひ） ③ 年（とし） ④ 始（はじ）め ⑤ 終（お）わり ⑥ 急（いそ）いだ ⑦ すぐに ⑧ 間（ま）に合（あ）わ

そんな＿＿＿＿＿は、この薬を飲んでください。
那時請吃這服藥。

その＿＿＿＿＿、私は朝から走りつづけていた。
那一天，我從早上開始就跑個不停。

＿＿＿＿＿も書かなければなりませんか。
也得要寫年齡嗎？

ベルが鳴るまで、テストを＿＿＿＿＿てはいけません。
在鈴聲響起前，不能開始考試。

小説は、＿＿＿＿＿の書きかたが難しい。
小說的結尾很難寫。

＿＿＿＿＿のに、授業に遅れました。
雖然趕來了，但上課還是遲到了。

＿＿＿＿＿帰る。
馬上回來。

タクシーに乗らなくちゃ、＿＿＿＿＿ないですよ。
要是不搭計程車，就來不及了唷！

うちの息子は、＿＿＿＿＿をしたがる。
我兒子老愛賴床。

父は、「明日の朝、６時に＿＿＿＿＿くれ。」と言った。
父親說：「明天早上六點叫我起床」。

彼は、＿＿＿＿＿は忙しいと思います。
我想他白天應該很忙吧！

日が＿＿＿＿＿のに、子どもたちはまだ遊んでいる。
天都黑了，孩子們卻還在玩。

＿＿＿＿＿、考えさせられることが多いです。
最近讓人省思的事有很多。

新しい＿＿＿＿＿が来たということを感じます。
感覺到新時代已經來臨了。

⑨ 朝寝坊　　　⑩ 起こして　　　⑪ 昼間
⑫ 暮れた　　　⑬ このごろ　　　⑭ 時代

Part 3

1 寒暄用語

①	行って参ります	寒暄 我走了	
②	いってらっしゃい	寒暄 慢走，好走	
③	お帰りなさい	寒暄 （你）回來了	
④	よくいらっしゃいました	寒暄 歡迎光臨	類 ようこそ（歡迎光臨）
⑤	お陰	寒暄 託福；承蒙關照	類 恩恵（恩惠）
⑥	お蔭様で	寒暄 託福，多虧	
⑦	お大事に	寒暄 珍重，保重	
⑧	畏まりました	寒暄 知道，了解（"わかる"謙讓語）	類 了解（理解）
⑨	お待たせしました	寒暄 久等了	
⑩	お目出度うございます	寒暄 恭喜	類 祝う（祝賀）
⑪	それはいけませんね	寒暄 那可不行	
⑫	ようこそ	寒暄 歡迎	

❸ お帰りなさい

❷ いってらっしゃい

❸ 行って参ります

❼ お大事に

❿ お目出度うございます

⓫ それはいけませんね

⓬ ようこそ

❹ よくいらっしゃいました

❾ お待たせしました

❽ 畏まりました

❺ お陰

❻ お蔭様で

Part 3

①	行って参ります	我走了
②	いってらっしゃい	慢走，好走
③	お帰りなさい	（你）回來了
④	よくいらっしゃいました	歡迎光臨
⑤	お陰	託福；承蒙關照
⑥	お蔭様で	託福，多虧
⑦	お大事に	珍重，保重
⑧	畏まりました	知道，了解（"わかる"謙讓語）
⑨	お待たせしました	久等了
⑩	お目出度うございます	恭喜
⑪	それはいけませんね	那可不行
⑫	ようこそ	歡迎

答案　① いってまいります　② いってらっしゃい　③ お帰りなさい
④ よくいらっしゃいました　⑤ おかげ　⑥ お蔭様で

24

息子は、「＿＿＿＿。」と言ってでかけました。
兒子說：「我出門啦！」便出去了。

＿＿＿＿。何時に帰るの？
路上小心啊！幾點回來呢？

＿＿＿＿。お茶でも飲みますか。
你回來啦。要不要喝杯茶？

＿＿＿＿。靴を脱がずに、お入りください。
歡迎光臨。不用脫鞋，請進來。

あなたが手伝ってくれた＿＿＿＿で、仕事が終わりました。
多虧你的幫忙，工作才得以結束。

＿＿＿＿、元気になってきました。
託您的福，我身體好多了。

頭痛がするのですか。どうぞ＿＿＿＿。
頭痛嗎？請多保重！

＿＿＿＿。少々お待ちください。
知道了，您請稍候。

＿＿＿＿。どうぞお座りください。
讓您久等了，請坐。

＿＿＿＿。賞品は、カメラとテレビとどちらのほうがいいですか。
恭喜您！獎品有照相機跟電視，您要哪一種？

＿＿＿＿。薬を飲んでみたらどうですか。
那可不行啊！是不是吃個藥比較好？

＿＿＿＿、おいで下さいました。
衷心歡迎您的到來。

7 お大事に　　8 かしこまりました　　9 お待たせしました
10 おめでとうございます　　11 それはいけませんね　　12 ようこそ

25

2 | 各種人物

CD1-6

①	お子さん	名 您孩子	類 お子様（您孩子）
②	息子さん	名 （尊稱他人的）令郎	類 令息（令郎） 對 娘さん（令嬡）
③	娘さん	名 您女兒，令嬡	類 息女（令嬡） 對 息子さん（令郎）
④	お嬢さん	名 您女兒；小姐； 千金小姐	類 娘さん（女兒） 對 息子さん（兒子）
⑤	高校生	名 高中生	
⑥	大学生	名 大學生	
⑦	先輩	名 學姐，學長；老前輩	類 上輩（前輩） 對 後輩（學弟妹）
⑧	客	名 客人；顧客	類 ゲスト（guest/客人） 對 売り主（賣方）
⑨	店員	名 店員	類 売り子（店員） 對 店主（老闆）
⑩	社長	名 社長	
⑪	お金持ち	名 有錢人	類 富豪（富豪） 對 貧乏人（窮人）
⑫	市民	名 市民，公民	
⑬	君	名 你（男性對同輩以下 的親密稱呼）	類 あなた（你） 對 私（我）
⑭	～員	名 ～員	
⑮	～方	名 （敬）人	類 人（人）

答案　① お子さん　② 息子さん　③ 娘さん　④ お嬢さん
　　　⑤ 高校生　⑥ 大学生　⑦ 先輩　⑧ 客

_____は、どんなものを食べたがりますか。
您小孩喜歡吃什麼東西？

_____のお名前を教えてください。
請教令郎的大名。

ブランコに乗っているのが_____ですか。
正在盪鞦韆的就是令嬡嗎？

_____は、とても女らしいですね。
您女兒非常淑女呢！

_____の息子に、英語の辞書をやった。
我送英文辭典給高中生的兒子。

鈴木さんの息子は、_____だと思う。
我想鈴木先生的兒子，應該是大學生了。

_____は、フランスに留学に行かれた。
學長去法國留學了。

_____がたくさん入るだろう。
會有很多客人進來吧！

_____がだれもいないはずがない。
不可能沒有店員在。

_____に、難しい仕事をさせられた。
社長讓我做很難的工作。

だれでも_____になれる。
誰都可以成為有錢人。

_____の生活を守る。
捍衛市民的生活。

_____は、将来何をしたいの？
你將來想做什麼？

研究_____としてやっていくつもりですか。
你打算當研究員嗎？

新しい先生は、あそこにいる_____らしい。
新來的老師，好像是那邊的那位。

⑨ 店員 （てんいん）　⑩ 社長 （しゃちょう）　⑪ お金持ち （かねもち）　⑫ 市民 （しみん）
⑬ 君 （きみ）　⑭ 員 （いん）　⑮ 方 （かた）

27

3 男女

1 男性 （だんせい）	**名** 男性	類 男（男性） 對 女性（女性）
2 女性 （じょせい）	**名** 女性	類 女（女性） 對 男性（男性）
3 彼女 （かのじょ）	**名** 她；女朋友	類 恋人（情人） 對 彼（他）
4 彼 （かれ）	**名・代** 他；男朋友	類 あの人（那個人） 對 彼女（她）
5 彼氏 （かれし）	**名・代** 男朋友；他	類 彼（男朋友） 對 彼女（女朋友）
6 彼等 （かれら）	**名** 他們	
7 人口 （じんこう）	**名** 人口	類 人数（人數）
8 皆 （みな）	**名** 大家；所有的	類 全員（全體人員）
9 集まる （あつまる）	**自五** 聚集，集合	
10 集める （あつめる）	**他下一** 集合	類 集合（集合）
11 連れる （つれる）	**他下一** 帶領，帶著	類 伴う（陪伴）
12 欠ける （かける）	**自下一** 缺損；缺少	類 不足（不足） 對 満ちる（充滿）

答案 ❶ 男性（だんせい） ❷ 女性（じょせい） ❸ 彼女（かのじょ） ❹ 彼（かれ）
❺ 彼氏（かれし） ❻ 彼ら（かれら） ❼ 人口（じんこう）

そこにいる_____が、私たちの先生です。

那裡的那位男性，是我們的老師。

私は、あんな_____と結婚したいです。

我想和那樣的女性結婚。

_____はビールを5本も飲んだ。

她竟然喝了五瓶啤酒。

_____がそんな人だとは、思いませんでした。

沒想到他是那種人。

_____はいますか。

你有男朋友嗎？

_____は本当に男らしい。

他們真是男子漢。

私の町は_____が多すぎます。

我住的城市人口過多。

この街は、_____に愛されてきました。

這條街一直深受大家的喜愛。

パーティーに、1000人も_____ました。

多達1000人，聚集在派對上。

生徒たちを、教室に_____なさい。

叫學生到教室集合。

子どもを幼稚園に_____行ってもらいました。

請他幫我帶小孩去幼稚園了。

メンバーが一人_____ままだ。

成員一直缺少一個人。

8 みな　　　　　　9 集まり　　　　　　10 集め
11 連れて　　　　　12 欠けた

29

4 | 老幼與家人

①	祖父 そ ふ	名 祖父，外祖父	類 祖父さん（祖父） 對 祖母（祖母）
②	祖母 そ ぼ	名 奶奶，外婆	類 祖母さん（祖母） 對 祖父（祖父）
③	親 おや	名 父母	類 両親（雙親） 對 子（孩子）
④	夫 おっと	名 丈夫	
⑤	主人 しゅじん	名 老公，（我）丈夫，先生	
⑥	妻 つま	名 妻子，太太（自稱）	類 家内（內人） 對 夫（丈夫）
⑦	家内 か ない	名 妻子	
⑧	子 こ	名 孩子	類 こども（孩子） 對 親（父母親）
⑨	赤ちゃん あか	名 嬰兒	類 赤ん坊（嬰兒）
⑩	赤ん坊 あか ぼう	名 嬰兒	類 幼児（幼兒）
⑪	育てる そだ	他下一 撫育，培植；培養	類 養う（養育）
⑫	子育て こ そだ	名 養育小孩，育兒	類 育児（育兒）
⑬	似る に	自上一 相像，類似	類 そっくり（相像）
⑭	僕 ぼく	名 我（男性用）	類 私（我） 對 あなた（你/妳）

答案 ① 祖父 ② 祖母 ③ 親 ④ 夫
⑤ 主人 ⑥ 妻 ⑦ 家内 ⑧ 子

<ruby>祖父<rt>そふ</rt></ruby>_____はずっとその<ruby>会社<rt>かいしゃ</rt></ruby>で<ruby>働<rt>はたら</rt></ruby>いてきました。

祖父一直在那家公司工作到現在。

_____は、いつもお<ruby>菓子<rt>かし</rt></ruby>をくれる。

奶奶常給我糖果。

_____は<ruby>私<rt>わたし</rt></ruby>を<ruby>医者<rt>いしゃ</rt></ruby>にしたがっています。

父母希望我當醫生。

_____に<ruby>死<rt>し</rt></ruby>なれる。

死了丈夫。

_____の<ruby>役<rt>やく</rt></ruby>を<ruby>務<rt>つと</rt></ruby>める。

扮演丈夫的職責。

<ruby>私<rt>わたし</rt></ruby>が<ruby>会社<rt>かいしゃ</rt></ruby>をやめたいということを、_____は<ruby>知<rt>し</rt></ruby>りません。

妻子不知道我想離職的事。

_____に<ruby>相談<rt>そうだん</rt></ruby>する。

和妻子討論。

うちの_____は、まだ5<ruby>歳<rt>さい</rt></ruby>なのにピアノがじょうずです。

我家小孩才5歲，卻很會彈琴。

_____は、<ruby>泣<rt>な</rt></ruby>いてばかりいます。

嬰兒只是哭著。

_____が<ruby>歩<rt>ある</rt></ruby>こうとしている。

嬰兒在學走路。

<ruby>蘭<rt>らん</rt></ruby>は_____にくいです。

蘭花很難培植。

<ruby>毎日<rt>まいにち</rt></ruby>、_____に<ruby>追<rt>お</rt></ruby>われています。

每天都忙著帶小孩。

<ruby>私<rt>わたし</rt></ruby>は、<ruby>妹<rt>いもうと</rt></ruby>ほど<ruby>母<rt>はは</rt></ruby>に_____いない。

我不像妹妹那麼像媽媽。

この<ruby>仕事<rt>しごと</rt></ruby>は、_____がやらなくちゃならない。

這個工作非我做不行。

---

⑨ <ruby>赤<rt>あか</rt></ruby>ちゃん   ⑩ <ruby>赤<rt>あか</rt></ruby>ん<ruby>坊<rt>ぼう</rt></ruby>   ⑪ <ruby>育<rt>そだ</rt></ruby>て

⑫ <ruby>子育<rt>こそだ</rt></ruby>て   ⑬ <ruby>似<rt>に</rt></ruby>て   ⑭ <ruby>僕<rt>ぼく</rt></ruby>

5 | 態度、性格

1 しんせつ 親切	名・形動 親切，客氣	類 ていねい 丁寧（客氣） 對 れいたん 冷淡（冷淡）
2 ていねい 丁寧	名・形動 客氣；仔細	類 ねんいり 念入り（周到）
3 ねっしん 熱心	名・形動 專注，熱衷	類 むちゅう 夢中（著迷） 對 れいたん 冷淡（冷淡）
4 まじめ 真面目	名・形動 認真	類 ほんき 本気（認真） 對 ふまじめ 不真面目（不認真）
5 いっしょうけんめい 一生懸命	副・形動 拼命地	類 ねっしん 熱心（專注）
6 やさ 優しい	形 溫柔，體貼	類 しんせつ 親切（親切）
7 てきとう 適当	名・自サ・形動 適當；適度；隨便	類 さいてき 最適（最適合）
8 おか 可笑しい	形 奇怪，可笑；不正常	類 おもしろ 面白い（好玩） 對 つ 詰まらない（無趣）
9 こま 細かい	形 細小；詳細；無微不至	類 くわ 詳しい（詳細）
10 さわ 騒ぐ	自五 吵鬧，喧囂	類 あば 暴れる（胡鬧） 對 しず 静まる（平息）
11 ひど 酷い	形 殘酷；過分；非常	類 はげ 激しい（激烈）

① 親切（しんせつ）

⑩ 騒ぐ（さわ）

⑤ 一生懸命（いっしょうけんめい）

⑧ 可笑しい（おか）

請適可而止

⑦ 適当（てきとう）

⑥ 優しい（やさ）

⑨ 細かい（こま）

③ 熱心（ねっしん）

② 丁寧（ていねい）

④ 真面目（まじめ）

⑪ 酷い（ひど）

CD1-9

①	しんせつ **親切**	親切，客氣
②	ていねい **丁寧**	客氣；仔細
③	ねっしん **熱心**	專注，熱衷
④	まじめ **真面目**	認真
⑤	いっしょうけんめい **一生懸命**	拼命地
⑥	やさ **優しい**	溫柔，體貼
⑦	てきとう **適当**	適當；適度；隨便
⑧	おか **可笑しい**	奇怪，可笑；不正常
⑨	こま **細かい**	細小；詳細；無微不至
⑩	さわ **騒ぐ**	吵鬧，喧囂
⑪	ひど **酷い**	殘酷；過分；非常

答案　① しんせつ
親切　　② ていねい
丁寧　　③ ねっしん
熱心　　④ まじめ

　　　⑤ いっしょうけんめい
一生懸命　　⑥ やさ
優しい　　⑦ てきとう
適当

みんなに＿＿＿＿＿にするように言_いわれた。

說要我對大家親切一點。

先生_{せんせい}の説明_{せつめい}は、彼_{かれ}の説明_{せつめい}より＿＿＿＿＿です。

老師比他說明得更仔細。

毎日_{まいにち}10時_じになると、＿＿＿＿＿に勉強_{べんきょう}しはじめる。

每天一到十點，便開始專心唸書。

今後_{こんご}も、＿＿＿＿＿に勉強_{べんきょう}していきます。

從今以後，會認真唸書。

父_{ちち}が＿＿＿＿＿働_{はたら}いて、私_{わたし}たちを育_{そだ}ててくれました。

家父拚了命地工作，把我們這些孩子撫養長大。

彼女_{かのじょ}があんな＿＿＿＿＿人_{ひと}だとは知_しりませんでした。

我不知道她是那麼貼心的人。

＿＿＿＿＿にやっておくから、大丈夫_{だいじょうぶ}。

我會妥當處理的，沒關係！

＿＿＿＿＿ば、笑_{わら}いなさい。

如果覺得可笑，就笑呀！

＿＿＿＿＿ことは言_いわずに、適当_{てきとう}にやりましょう。

別在意小地方了，看情況做吧！

教室_{きょうしつ}で＿＿＿＿＿いるのは、誰_{だれ}なの？

是誰在教室吵鬧？

そんな＿＿＿＿＿ことを言_いうな。

別說那麼過分的話。

---

⑧ おかしけれ ⑨ 細_{こま}かい ⑩ 騒_{さわ}いで

⑪ ひどい

6 人際關係

①	かんけい 関係	名 關係；影響	類 仲（交情）
②	しょうかい 紹介	名・他サ 介紹	類 仲立ち（居中介紹）
③	せわ 世話	名・他サ 照顧，照料	類 付き添い（照料）
④	わか 別れる	自下一 分別，分開	類 離別（離別） 對 会う（見面）
⑤	あいさつ 挨拶	名・自サ 寒暄；致詞；拜訪	類 お世辞（客套話）
⑥	けんか 喧嘩	名・自サ 吵架	
⑦	えんりょ 遠慮	名・自他サ 客氣；謝絕	類 控えめ（客氣）
⑧	しつれい 失礼	名・形動・自サ 失禮，沒 禮貌；失陪	類 無礼（沒禮貌）
⑨	ほ 褒める	他下一 誇獎	類 称賛（稱讚） 對 叱る（斥責）
⑩	やく た 役に立つ	慣 有幫助，有用	類 役立つ（有用）
⑪	じゆう 自由	名・形動 自由，隨便	類 自在（自在） 對 不自由（不自由）
⑫	しゅうかん 習慣	名 習慣	類 仕来り（慣例）

答案
① かんけい 関係　② しょうかい 紹介　③ せわ 世話　④ わか 別れ
⑤ あいさつ 挨拶　⑥ けんか 喧嘩　⑦ えんりょ 遠慮　⑧ しつれい 失礼

みんな、二人の_____を知りたがっています。
大家都很想知道他們兩人的關係。

鈴木さんをご_____しましょう。
我來介紹鈴木小姐給您認識。

子どもの_____をするために、仕事をやめた。
為了照顧小孩，辭去了工作。

若い二人は、両親に_____させられた。
兩位年輕人，被父母給強行拆散了。

アメリカでは、こう握手して_____します。
在美國都像這樣握手寒暄。

_____が始まる。
開始吵架。

すみませんが、私は_____します。
對不起，請容我拒絕。

黙って帰るのは、_____です。
連個招呼也沒打就回去，是很沒禮貌的。

両親が_____くれた。
父母誇獎了我。

その辞書は_____かい？
那辭典有用嗎？

そうするかどうかは、あなたの_____です。
要不要那樣做，隨你便！

一度ついた_____は、変えにくいですね。
一旦養成習慣，就很難改變呢。

---

9 ほめて　　　　10 役に立つ　　　　11 自由
12 習慣

1 人體

①	かっこう かっこう 格好／恰好	名 外表，裝扮	類 すがた 姿（身段）
②	かみ 髪	名 頭髪	類 かみ け 髪の毛（頭髪）
③	け 毛	名 頭髪，汗毛	類 とうはつ 頭髪（頭髪）
④	ひげ	名 鬍鬚	類 しらひげ 白鬚（白鬍子）
⑤	くび 首	名 頸部，脖子	類 あたま 頭（頭）
⑥	のど 喉	名 喉嚨	類 いんこう 咽喉（咽喉）
⑦	せ なか 背中	名 背部	類 せ 背（身高） 對 はら 腹（肚子）
⑧	うで 腕	名 胳臂；本領	類 かたうで 片腕（單手）
⑨	ゆび 指	名 手指	對 おやゆび 親指（大拇指）
⑩	つめ 爪	名 指甲	
⑪	ち 血	名 血；血緣	類 けつえき 血液（血液） 對 にく 肉（肉）
⑫	おなら	名 屁	類 へ 屁（屁）

❸ 毛 (け)

❶ 格好／恰好 (かっこう／かっこう)

❾ 指 (ゆび)

❷ 髪 (かみ)

⓫ 血 (ち)

❻ 喉 (のど)

❿ 爪 (つめ)

❽ 腕 (うで)

❼ 背中 (せなか)

❺ 首 (くび)

❹ ひげ

⓬ おなら

Part 4

①	格好／恰好 _{かっこう}　_{かっこう}	外表，裝扮	
②	髪 _{かみ}	頭髮	
③	毛 _け	頭髮，汗毛	
④	ひげ	鬍鬚	
⑤	首 _{くび}	頸部，脖子	
⑥	喉 _{のど}	喉嚨	
⑦	背中 _せ_{なか}	背部	
⑧	腕 _{うで}	胳臂；本領	
⑨	指 _{ゆび}	手指	
⑩	爪 _{つめ}	指甲	
⑪	血 _ち	血；血緣	
⑫	おなら	屁	

答案 ① かっこう　② 髪_{かみ}　③ 毛_け　④ ひげ
⑤ 首_{くび}　⑥ 喉_{のど}　⑦ 背中_{せなか}

その＿＿＿＿＿で出かけるの？

你要打扮那樣出去嗎？

＿＿＿＿＿を短く切るつもりだったが、やめた。

原本想把頭髮剪短，但作罷了。

しばらく会わない間に父の髪の＿＿＿＿＿はすっかり白くなっていた。

好一陣子沒和父親見面，父親的頭髮全都變白了。

今日は休みだから、＿＿＿＿＿をそらなくてもかまいません。

今天休息，所以不刮鬍子也沒關係。

どうしてか、＿＿＿＿＿がちょっと痛いです。

不知道為什麼，脖子有點痛。

風邪を引くと、＿＿＿＿＿が痛くなります。

一感冒，喉嚨就會痛。

＿＿＿＿＿も痛いし、足も疲れました。

背也痛，脚也酸了。

彼女の＿＿＿＿＿は、枝のように細い。

她的手腕像樹枝般細。

＿＿＿＿＿が痛いために、ピアノが弾けない。

因為手指疼痛，而無法彈琴。

＿＿＿＿＿を切る。

剪指甲。

傷口から＿＿＿＿＿が流れつづけている。

血一直從傷口流出來。

＿＿＿＿＿を我慢するのは、体に良くないですよ。

忍著屁不放對身體不好喔。

---

⑧ 腕　　　　　⑨ 指　　　　　⑩ 爪
⑪ 血　　　　　⑫ おなら

2 生死與體質

①	生_いきる	**自上一** 活著；謀生；充分發揮	**類** 生_{せいぞん}存（生存）
②	亡_なくなる	**自五** 去世，死亡	**類** 死_しぬ（死亡） **對** 生_うまれる（出生）
③	動_{うご}く	**自五** 動，移動；運動；作用	**類** 移_{いどう}動（移動） **對** 止_とまる（停止）
④	触_{さわ}る	**自五** 碰觸，觸摸；接觸	
⑤	眠_{ねむ}い	**形** 睏	
⑥	眠_{ねむ}る	**自五** 睡覺	**類** 寝_ねる（睡覺）
⑦	乾_{かわ}く	**自五** 乾；口渴	**類** 乾_{かんそう}燥（乾燥） **對** 湿_{しめ}る（潮濕）
⑧	太_{ふと}る	**自五** 胖，肥胖	**類** 肥_こえる（肥胖） **對** 痩_やせる（痩）
⑨	痩_やせる	**自下一** 瘦；貧瘠	**類** 細_{ほそ}る（變痩） **對** 太_{ふと}る（肥胖）
⑩	ダイエット【diet】	**名・他サ** 飲食，食物；（為治療或調節體重）規定飲食；減重，減肥	
⑪	弱_{よわ}い	**形** 虛弱；不高明	**類** 軟_{なんじゃく}弱（軟弱） **對** 強_{つよ}い（強壯）
⑫	折_おる	**他五** 折	

答案 ① 生_いきて ② なくなって ③ 動_{うご}か ④ 触_{さわ}っ
⑤ 眠_{ねむ}く ⑥ 眠_{ねむ}らせた ⑦ 乾_{かわ}く

彼_{かれ}は、一人_{ひとり}で＿＿＿＿＿＿＿いくそうです。

聽說他打算一個人活下去。

おじいちゃんが＿＿＿＿＿＿＿、みんな悲_{かな}しがっている。

爺爺過世了，大家都很哀傷。

＿＿＿＿＿＿＿ずに、そこで待_まっていてください。

請不要離開，在那裡等我。

このボタンには、ぜったい＿＿＿＿＿＿＿てはいけない。

絕對不可觸摸這個按紐。

お酒_{さけ}を飲_のんだら、＿＿＿＿＿＿＿なりはじめた。

喝了酒，便開始想睡覺了。

薬_{くすり}を使_{つか}って、＿＿＿＿＿＿＿。

用藥讓他入睡。

洗濯物_{せんたくもの}が、そんなに早_{はや}く＿＿＿＿＿＿＿はずがありません。

洗好的衣物，不可能那麼快就乾。

ああ＿＿＿＿＿＿＿と、苦_{くる}しいでしょうね。

一胖成那樣，會很辛苦吧！

先生_{せんせい}は、少_{すこ}し＿＿＿＿＿＿＿ようですね。

老師您好像瘦了。

夏_{なつ}までに、3キロ＿＿＿＿＿＿＿します。

在夏天之前，我要減肥三公斤。

その子_こどもは、体_{からだ}が＿＿＿＿＿＿＿です。

那個小孩看起來身體很虛弱。

骨_{ほね}を＿＿＿＿＿＿＿。

骨折。

⑧ 太_{ふと}っている　　　⑨ 痩_やせられた　　　⑩ ダイエット

⑪ 弱_{よわ}そう　　　⑫ 折_おる

3 疾病與治療　CD1-13

①	熱（ねつ）	名 高溫；熱；發燒	類 熱度（ねつど）（熱度）
②	インフルエンザ【influenza】	名 流行性感冒	類 流感（りゅうかん）（流行性感冒）
③	怪我（けが）	名・自サ 受傷	類 負傷（ふしょう）（受傷）
④	花粉症（かふんしょう）	名 花粉症，因花粉而引起的過敏鼻炎	類 アレルギー（Allergie／過敏）
⑤	倒れる（たおれる）	自下一 倒下；垮台；死亡	類 転ぶ（ころぶ）（跌倒）
⑥	入院（にゅういん）	名・自サ 住院	對 退院（たいいん）（出院）
⑦	注射（ちゅうしゃ）	名 打針	
⑧	塗る（ぬる）	他五 塗抹，塗上	類 塗り付ける（ぬりつける）（抹上）
⑨	お見舞い（おみまい）	名 探望	類 訪ねる（たずねる）（拜訪）
⑩	具合（ぐあい）	名 （健康等）狀況，方法	類 調子（ちょうし）（狀況）
⑪	治る（なおる）	自五 變好；改正；治癒	類 全快（ぜんかい）（病癒）
⑫	退院（たいいん）	名・自サ 出院	對 入院（にゅういん）（住院）
⑬	ヘルパー【helper】	名 幫傭；看護	類 手伝い（てつだい）（幫忙）
⑭	～てしまう	補動 強調某一狀態或動作；懊悔	類 完了（かんりょう）（完畢）
⑮	お医者さん（おいしゃさん）	名 醫生	

答案　① 熱（ねつ）　② インフルエンザ　③ けが　④ 花粉症（かふんしょう）　⑤ 倒れ（たおれ）　⑥ 入院（にゅういん）　⑦ 注射（ちゅうしゃ）　⑧ 塗り（ぬり）

_____がある時は、休んだほうがいい。

發燒時最好休息一下。

家族全員、_____にかかりました。

我們全家人都得了流行性感冒。

たくさんの人が_____をしたようだ。

好像很多人受傷了。

父は_____がひどいです。

家父的花粉症很嚴重。

_____にくい建物を作りました。

蓋了一棟不容易倒塌的建築物。

_____のとき、手伝ってあげよう。

住院時我來幫你。

お医者さんに、_____していただきました。

醫生幫我打了針。

赤とか青とか、いろいろな色を_____ました。

紅的啦、藍的啦，塗上了各種顏色。

田中さんが、_____に花をくださった。

田中小姐帶花來探望我。

もう_____はよくなられましたか。

您身體好些了嗎？

風邪が_____のに、今度はけがをしました。

感冒才治好，這次卻換受傷了。

彼が_____するのはいつだい。

他什麼時候出院的？

週に2回、_____さんをお願いしています。

一個禮拜會麻煩看護幫忙兩天。

先生に会わずに帰っ_____の。

沒見到老師就回來了嗎？

彼は_____です。

他是醫生。

⑨ お見舞い　⑩ 具合　⑪ 治った　⑫ 退院
⑬ ヘルパー　⑭ てしまった　⑮ お医者さん

45

4 體育與競賽

🔘 CD1-14

① うんどう 運動	**名・自サ** 運動；活動	類 スポーツ （sports／運動）
② テニス【tennis】	**名** 網球	
③ テニスコート 【tennis court】	**名** 網球場	類 や きゅうじょう 野球場（網球場）
④ ちから 力	**名** 力氣；能力	類 たいりょく 体力（體力） 對 ち りょく 知力（智力）
⑤ じゅうどう 柔道	**名** 柔道	類 ぶ どう 武道（武術）
⑥ すいえい 水泳	**名・自サ** 游泳	類 およ 泳ぐ（游泳）
⑦ か か 駆ける／駈ける	**自下一** 奔跑，快跑	類 はし 走る（跑步） 對 ある 歩く（走路）
⑧ う 打つ	**他五** 打擊，打	類 ぶつ（打擊）
⑨ すべ 滑る	**自下一** 滑（倒）；滑 動；（手）滑	類 かっそう 滑走（滑行）
⑩ な 投げる	**自下一** 丟，抛；放棄	類 な だ 投げ出す（抛出）
⑪ し あい 試合	**名・自サ** 比賽	類 きょうそう 競争（競争）
⑫ きょうそう 競争	**名・自サ** 競爭	類 きょう ぎ 競技（比賽）
⑬ か 勝つ	**自五** 贏，勝利；克服	類 やぶ 破る（打敗） 對 ま 負ける（戰敗）
⑭ しっぱい 失敗	**名・自サ** 失敗	類 あやま 過ち（錯誤）
⑮ ま 負ける	**自下一** 輸；屈服	類 はいそう 敗走（敗退） 對 か 勝つ（勝利）

答案 ① うんどう
運動　　② テニス　　③ テニスコート　　④ ちから
力
⑤ じゅうどう
柔道　　⑥ すいえい
水泳　　⑦ かけた　　⑧ う
打った

_____し終わったら、道具を片付けてください。

運動完了，請將道具收拾好。

_____をやる。

打網球。

みんな、_____まで走れ。

大家一起跑到網球場吧！

この会社では、_____を出しにくい。

在這公司難以發揮實力。

_____を習おうと思っている。

我想學柔道。

テニスより、_____の方が好きです。

喜歡游泳勝過打網球。

うちから駅まで_____ので、疲れてしまった。

從家裡跑到車站，所以累壞了。

イチローがホームランを_____ところだ。

一郎正好擊出全壘打。

この道は、雨の日は_____らしい。

這條路，下雨天好像很滑。

そのボールを_____もらえますか。

可以請你把那個球丟過來嗎？

_____はきっとおもしろいだろう。

比賽一定很有趣吧！

一緒に勉強して、お互いに_____するようにした。

一起唸書，以競爭方式來激勵彼此。

試合に_____たら、100万円やろう。

如果比賽贏了，就給你100萬日圓。

方法がわからず、_____しました。

不知道方法以致失敗。

がんばれよ。ぜったい_____なよ。

加油喔！千萬別輸了！

⑨ すべる　　　⑩ 投げて　　　⑪ 試合　　　⑫ 競争
⑬ 勝つ　　　　⑭ 失敗　　　　⑮ 負ける

1 自然與氣象

①	枝 えだ	名 樹枝；分枝	類 梢（樹梢） こずえ
②	草 くさ	名 草	類 若草（嫩草） わかくさ
③	葉 は	名 葉子，樹葉	類 葉っぱ（葉子） は
④	開く ひら	他五 綻放；拉開	類 開く（開） あ 對 閉まる（關門） し
⑤	植える う	他下一 種植；培養	類 栽培（栽種） さいばい 對 自生（野生） じせい
⑥	折れる お	自下一 折彎；折斷	類 曲がる（拐彎） ま
⑦	雲 くも	名 雲	類 白雲（白雲） しらくも
⑧	月 つき	名 月亮	類 満月（滿月） まんげつ 對 日（太陽） ひ
⑨	星 ほし	名 星星	類 スター （star/星星）
⑩	地震 じしん	名 地震	類 地動（地震） ちどう
⑪	台風 たいふう	名 颱風	
⑫	季節 きせつ	名 季節	類 四季（四季） しき
⑬	冷える ひ	自下一 變冷；變冷淡	類 冷める（<熱的>變涼） さ 對 暖まる（感到溫暖） あたた
⑭	やむ	自五 停止	類 終わる（結束） お 對 始まる（開始） はじ

⑫ 季節（きせつ）

❸ 葉（は）

❶ 枝（えだ）

⑭ やむ

雨停了

❷ 草（くさ）

❺ 植える（う）

⑪ 台風（たいふう）

❻ 折れる（お）

❽ 月（つき）

❾ 星（ほし）

是地牛

⑩ 地震（じしん）

❼ 雲（くも）

❹ 開く（ひら）

⑬ 冷える

49

Part 5

CD1-15

1	えだ 枝	樹枝；分枝
2	くさ 草	草
3	は 葉	葉子，樹葉
4	ひら 開く	綻放；拉開
5	う 植える	種植；培養
6	お 折れる	折彎；折斷
7	くも 雲	雲
8	つき 月	月亮
9	ほし 星	星星
10	じしん 地震	地震
11	たいふう 台風	颱風
12	きせつ 季節	季節
13	ひ 冷える	變冷；變冷淡
14	やむ	停止

答案 ① えだ 枝　② くさ 草　③ は／は 葉／葉　④ ひら 開き
⑤ う 植えて　⑥ お 折れる　⑦ くも 雲　⑧ つき 月

_____を切ったので、遠くの山が見えるようになった。

由於砍掉了樹枝，遠山就可以看到了。

_____を取って、歩きやすいようにした。

把草拔掉，以方便走路。

この木の_____は、あの木の_____より黄色いです。

這樹葉，比那樹葉還要黃。

ばらの花が_____だした。

玫瑰花綻放開來了。

花の種をさしあげますから、_____みてください。

我送你花的種子，你試種看看。

台風で、枝が_____かもしれない。

樹枝或許會被颱風吹斷。

白い煙がたくさん出て、_____のようだ。

冒出了很多白煙，像雲一般。

今日は、_____がきれいです。

今天的月亮很漂亮。

山の上では、_____がたくさん見えるだろうと思います。

我想在山上應該可以看到很多的星星吧！

_____の時はエレベーターに乗るな。

地震的時候不要搭電梯。

_____が来て、風が吹きはじめた。

颱風來了，開始刮起風了。

今の_____は、とても過ごしやすい。

現在這季節很舒服。

夜は_____のに、毛布がないのですか。

晚上會冷，沒有毛毯嗎？

雨が_____だら、でかけましょう。

如果雨停了，就出門吧！

---

⑨ 星
⑩ 地震
⑪ 台風
⑫ 季節
⑬ 冷える
⑭ やん

Part 5

⑮	はやし 林	名 樹林；（轉）事物集中貌
⑯	もり 森	名 樹林
⑰	ひかり 光	名 光亮，光線；（喻）光明，希望；威力，光榮
⑱	ひか 光る	自五 發光，發亮；出眾
⑲	うつ 映る	自五 映照
⑳	おや	感 哎呀
㉑	どんどん	副 連續不斷，接二連三；（炮鼓等連續不斷的聲音）咚咚；（進展）順利；（氣勢）旺盛

答案 ⑮ はやし
林　⑯ もり
森　⑰ ひかり
光
⑱ ひか
光る　⑲ うつ
映る　⑳ おや

_____の中の小道を散歩する。
在林間小道上散步。

_____に入る。
走進森林。

_____を発する。
發光。

星が_____。
星光閃耀。

水に_____。
倒映水面。

_____、雨だ。
哎呀！下雨了！

水が_____流れる。
水嘩啦嘩啦不斷地流。

㉑ どんどん

Part 5

2 | 各種物質

①	くうき 空気	名 空氣；氣氛	類 ふんいき 雰囲気（氣氛）
②	ひ 火	名 火	類 ほのお 炎（火焰）
③	いし 石	名 石頭	類 がんせき 岩石（岩石）
④	すな 砂	名 沙	類 すなご 砂子（沙子）
⑤	ガソリン【gasoline】	名 汽油	類 ねんりょう 燃料（燃料）
⑥	ガラス 【（荷）glas】	名 玻璃	類 グラス （glass／玻璃）
⑦	きぬ 絹	名 絲	類 おりもの 織物（紡織品）
⑧	ナイロン【nylon】	名 尼龍	類 きじ 生地（布料）
⑨	もめん 木綿	名 棉	類 きじ 生地（布料）
⑩	ごみ	名 垃圾	類 ちり 塵（小垃圾）
⑪	す 捨てる	他下一 丟掉，拋棄；放棄	類 はき 破棄（廢棄）
⑫	かた かた かた 固い／硬い／堅い	形 堅硬	

その町は、_____がきれいですか。

那個小鎮空氣好嗎？

まだ、_____をつけちゃいけません。

還不可以點火。

池に_____を投げるな。

不要把石頭丟進池塘裡。

雪がさらさらして、_____のようだ。

沙沙的雪，像沙子一般。

_____を入れなくてもいいんですか。

不加油沒關係嗎？

_____は、プラスチックより弱いです。

玻璃比塑膠容易破。

彼女の誕生日に、_____のスカーフをあげました。

女朋友生日，我送了絲質的絲巾給她。

_____の丈夫さが、女性のファッションを変えた。

尼龍的耐用性，改變了女性的時尚。

友だちに、_____の靴下をもらいました。

朋友送我棉質襪。

道に_____を捨てるな。

別把垃圾丟在路邊。

いらないものは、_____しまってください。

不要的東西，請全部丟掉！

鉄のように_____。

如鋼鐵般堅硬。

8 ナイロン 9 木綿 10 ごみ

11 捨てて 12 硬い

55

1 烹調與食物味道

1	漬ける _つ	他下一 浸泡；醃	類 浸す（浸泡） _{ひた}
2	包む _{つつ}	他五 包住，包起來；隱藏	類 被せる（蓋上） _{かぶ} 對 現す（顯露） _{あらわ}
3	焼く _や	他五 焚燒；烤	類 焙る（用火烘烤） _{あぶ}
4	焼ける _や	自下一 烤熟； （被）烤熟	類 焦げる（燒焦） _こ
5	沸かす _わ	他五 煮沸；使沸騰	類 温める（加熱） _{あたた}
6	沸く _わ	自五 煮沸，煮開；興奮	類 料理（做菜） _{りょう り}
7	味 _{あじ}	名 味道	類 味わい（味道） _{あじ}
8	味見 _{あじ み}	名・自サ 試吃，嚐味道	類 試食（試吃） _{し しょく}
9	匂い _{にお}	名 味道；風貌	類 香気（香味） _{こう き}
10	苦い _{にが}	形 苦；痛苦	類 つらい（痛苦的）
11	柔らかい _{やわ}	形 柔軟的	
12	大匙 _{おおさじ}	名 大匙，湯匙	
13	小匙 _{こ さじ}	名 小匙，茶匙	
14	コーヒーカップ 【coffee cup】	名 咖啡杯	
15	ラップ【wrap】	名・他サ 包裝紙；保鮮膜	

④ 焼ける

① 漬ける

⑩ 苦い

⑧ 味見

⑥ 沸く

⑫ 大匙

⑤ 沸かす

⑬ 小匙

② 包む

⑨ 匂い

③ 焼く

⑭ コーヒーカップ

⑮ ラップ

⑦ 味

⑪ 柔らかい

Part 6

①	漬ける	浸泡；醃
②	包む	包住，包起來；隱藏
③	焼く	焚燒；烤
④	焼ける	烤熟；（被）烤熟
⑤	沸かす	煮沸；使沸騰
⑥	沸く	煮沸，煮開；興奮
⑦	味	味道
⑧	味見	試吃，嚐味道
⑨	匂い	味道；風貌
⑩	苦い	苦；痛苦
⑪	柔らかい	柔軟的
⑫	大匙	大匙，湯匙
⑬	小匙	小匙，茶匙
⑭	コーヒーカップ【coffee cup】	咖啡杯
⑮	ラップ【wrap】	包裝紙；保鮮膜

答案 ① 漬ける　② 包んで　③ 焼き　④ 焼け
　　 ⑤ 沸かせ　⑥ 沸いた　⑦ 味

母は、果物を酒に＿＿＿＿＿ように言った。
媽媽說要把水果醃在酒裡。

必要なものを全部＿＿＿＿＿おく。
把要用的東西全包起來。

肉を＿＿＿＿＿すぎました。
肉烤過頭了。

ケーキが＿＿＿＿＿たら、お呼びいたします。
蛋糕烤好後我會叫您的。

ここでお湯が＿＿＿＿＿ます。
這裡可以將水煮開。

お湯が＿＿＿＿＿から、ガスをとめてください。
熱水開了，就請把瓦斯關掉。

彼によると、このお菓子はオレンジの＿＿＿＿＿がするそうだ。
聽他說這糕點有柳橙味。

ちょっと＿＿＿＿＿をしてもいいですか。
我可以嚐一下味道嗎？

この花は、その花ほどいい＿＿＿＿＿ではない。
這朵花不像那朵花味道那麼香。

食べてみましたが、ちょっと＿＿＿＿＿です。
試吃了一下，覺得有點苦。

＿＿＿＿＿毛布。
柔軟的毛毯。

火をつけたら、まず油を＿＿＿＿＿一杯入れます。
開了火之後，首先加入一大匙的油。

塩は＿＿＿＿＿半分で十分です。
鹽只要加小湯匙一半的份量就足夠了。

＿＿＿＿＿を集めています。
我正在收集咖啡杯。

野菜を＿＿＿＿＿する。
用保鮮膜將蔬菜包起來。

⑧ 味見　　⑨ 匂い　　⑩ 苦かった　　⑪ 柔らかい
⑫ 大匙　　⑬ 小匙　　⑭ コーヒーカップ　　⑮ ラップ

59

2 用餐與食物

CD1-18

①	ゆうはん 夕飯	名 晚飯	類 晩飯（晚餐） 對 朝飯（早餐）
②	す 空く	自五 飢餓	類 空腹（空腹） 對 満腹（吃飽）
③	し たく 支度	名・自サ 準備	類 用意（準備）
④	じゅん び 準備	名・他サ 準備	類 予備（預備）
⑤	よう い 用意	名・他サ 準備	類 支度（準備）
⑥	しょく じ 食事	名・自サ 用餐，吃飯	類 ご飯（用餐）
⑦	か 噛む	他五 咬	類 咀嚼（咀嚼）
⑧	のこ 残る	自五 剩餘，剩下	類 余剰（剩下）
⑨	しょくりょうひん 食料品	名 食品	類 食べ物（食物） 對 飲み物（飲料）
⑩	こめ 米	名 米	類 ご飯（米飯）
⑪	み そ 味噌	名 味噌	
⑫	ジャム【jam】	名 果醬	
⑬	ゆ 湯	名 開水，熱水	類 熱湯（熱水） 對 水（冷水）
⑭	ぶ どう 葡萄	名 葡萄	類 グレープ （grape／葡萄）

答案
① 夕飯　② すいた　③ 支度　④ 準備
⑤ 用意　⑥ 食事　⑦ かまれ　⑧ 残った

叔母は、いつも＿＿＿＿を食べさせてくれる。

叔母總是做晚飯給我吃。

おなかも＿＿＿＿し、のどもかわきました。

肚子也餓了，口也渴了。

旅行の＿＿＿＿をしなければなりません。

我得準備旅行事宜。

早く明日の＿＿＿＿をしなさい。

趕快準備明天的事！

食事をご＿＿＿＿いたしましょうか。

我來為您準備餐點吧？

＿＿＿＿をするために、レストランへ行った。

為了吃飯，去了餐廳。

犬に＿＿＿＿ました。

被狗咬了。

みんなあまり食べなかったために、食べ物が＿＿＿＿。

因為大家都不怎麼吃，所以食物剩了下來。

パーティーのための＿＿＿＿を買わなければなりません。

得去買派對用的食品。

台所に＿＿＿＿があるかどうか、見てきてください。

你去看廚房裡是不是還有米。

この料理は、＿＿＿＿を使わなくてもかまいません。

這道菜不用味噌也行。

あなたに、いちごの＿＿＿＿を作ってあげる。

我做草莓果醬給你。

＿＿＿＿をわかすために、火をつけた。

為了燒開水，點了火。

隣のうちから、＿＿＿＿をいただきました。

隔壁的鄰居送我葡萄。

⑨ 食料品　　　　⑩ 米　　　　⑪ 味噌
⑫ ジャム　　　　⑬ 湯　　　　⑭ ぶどう

3 餐廳用餐

🔘 CD1-19

①	外食 がいしょく	名・自サ 外食，在外用餐	對 内食（在家吃飯） ないしょく
②	御馳走 ごちそう	名・他サ 請客；豐盛佳餚	類 料理（烹調） りょうり
③	喫煙席 きつえんせき	名 吸煙席，吸煙區	
④	禁煙席 きんえんせき	名 禁煙席，禁煙區	
⑤	宴会 えんかい	名 宴會，酒宴	類 宴（宴會） うたげ
⑥	合コン ごう	名 聯誼	類 合同コンパ（聯誼） ごうどう
⑦	歓迎会 かんげいかい	名 歡迎會，迎新會	
⑧	送別会 そうべつかい	名 送別會	
⑨	食べ放題 たほうだい	名 吃到飽，盡量吃，隨意吃	類 食い放題（吃到飽） くほうだい
⑩	飲み放題 のほうだい	名 喝到飽，無限暢飲	
⑪	おつまみ	名 下酒菜，小菜	類 つまみもの（下酒菜）
⑫	サンドイッチ 【sandwich】	名 三明治	

答案　① 外食　　　② ごちそう　　③ 喫煙席　　④ 禁煙席
　　　⑤ 宴会　　　⑥ 合コン　　　⑦ 歓迎会

週に１回、家族で_____します。

毎週全家人在外面吃飯一次。

_____がなくてもいいです。

沒有豐盛的佳餚也無所謂。

_____はありますか。

請問有吸煙座位嗎？

_____をお願いします。

麻煩你，我要禁煙區的座位。

年末は、_____が多いです。

歲末時期宴會很多。

大学生は_____に行くのが好きですねえ。

大學生還真是喜歡參加聯誼呢。

今日は、新入生の_____があります。

今天有舉辦新生的歡迎會。

課長の_____が開かれます。

舉辦課長的送別會。

_____ですから、みなさん遠慮なくどうぞ。

這家店是吃到飽，所以大家請不用客氣盡量吃。

一人2000円で_____になります。

一個人兩千日幣就可以無限暢飲。

適当に_____を頼んでください。

請隨意點一些下酒菜。

_____を作ってさしあげましょうか。

幫您做份三明治吧？

8 送別会　　　9 食べ放題　　　10 飲み放題

11 おつまみ　　12 サンドイッチ

Part 6

⑬	ケーキ【cake】	名 蛋糕
⑭	サラダ【salad】	名 沙拉
⑮	ステーキ【steak】	名 牛排
⑯	天ぷら	名 天婦羅
⑰	～方	接尾 ～方法
⑱	大嫌い	形動 極不喜歡，最討厭
⑲	代わりに	副 代替，替代；交換
⑳	レジ【register】	名 收銀台

答案 ⑬ケーキ ⑭サラダ ⑮ステーキ
⑯天ぷら ⑰～方 ⑱大嫌い

_____を作る。
做蛋糕。

_____を作る。
做沙拉。

_____を食べる。
吃牛排。

_____を食べる。
吃天婦羅。

作り_____を学ぶ。
學習做法。

_____な食べ物。
最討厭的食物。

米の_____なる食料。
取代米食的食物。

_____で勘定する。
到收銀台結帳。

⑲代わりに　　　⑳レジ

服裝、配件與素材

1	着物 （きもの）	名 衣服；和服	類 和服（和服） 對 洋服（西服）
2	下着 （したぎ）	名 內衣，貼身衣物	類 肌着（貼身衣物） 對 上着（上衣）
3	オーバー 【over（coat）之略】	名 大衣	類 コート （coat／大衣）
4	手袋 （てぶくろ）	名 手套	類 足袋（日式短布襪）
5	イヤリング 【earring】	名 耳環	類 耳飾り（耳環）
6	財布 （さいふ）	名 錢包	類 金入れ（錢包）
7	濡れる （ぬれる）	自下一 淋濕	類 潤う（滋潤） 對 乾く（乾燥）
8	汚れる （よごれる）	自下一 髒污；齷齪	類 汚れる（弄髒）
9	サンダル 【sandal】	名 涼鞋	
10	履く （はく）	他五 穿（鞋、襪）	
11	指輪 （ゆびわ）	名 戒指	類 リング （ring／戒指）
12	糸 （いと）	名 線；（三弦琴的）弦	類 毛糸（毛線）
13	毛 （け）	名 毛線，毛織物	
14	線 （せん）	名 線	類 ライン（line／線）

② 下着（したぎ）

⑪ 指輪（ゆびわ）

① 着物（きもの）

⑬ 毛（け）

⑫ 糸（いと）

③ オーバー

⑨ サンダル

⑥ 財布（さいふ）

④ 手袋（てぶくろ）

⑭ 線（せん）

⑩ 履く（はく）

⑤ イヤリング

⑦ 濡れる（ぬれる）

⑧ 汚れる（よごれる）

Part 7

	日本語	中文
1	着物 （きもの）	衣服；和服
2	下着 （したぎ）	內衣，貼身衣物
3	オーバー【over（coat）之略】	大衣
4	手袋 （てぶくろ）	手套
5	イヤリング【earring】	耳環
6	財布 （さいふ）	錢包
7	濡れる （ぬれる）	淋濕
8	汚れる （よごれる）	髒污；齷齪
9	サンダル【sandal】	涼鞋
10	履く （はく）	穿（鞋、襪）
11	指輪 （ゆびわ）	戒指
12	糸 （いと）	線；（三弦琴的）弦
13	毛 （け）	毛線，毛織物
14	線 （せん）	線

答案　① 着物（きもの）　② 下着（したぎ）　③ オーバー　④ 手袋（てぶくろ）
⑤ イヤリング　⑥ 財布（さいふ）　⑦ 濡れて（ぬれて）　⑧ 汚れた（よごれた）

_____とドレスと、どちらのほうが素敵ですか。

和服與洋裝，哪一件比較漂亮？

木綿の_____は洗いやすい。

棉質內衣好清洗。

この黒い_____にします。

我要這件黑大衣。

彼女は、新しい_____を買ったそうだ。

聽說她買了新手套。

_____を一つ落としてしまいました。

我不小心弄丟了一個耳環。

彼女の_____は重そうです。

她的錢包好像很重的樣子。

雨のために、_____しまいました。

被雨淋濕了。

_____シャツを洗ってもらいました。

我請他幫我把髒的襯衫拿去送洗了。

涼しいので、靴ではなくて_____にします。

為了涼快，所以不穿鞋子改穿涼鞋。

靴を_____まま、入らないでください。

請勿穿著鞋進入。

記念の_____がほしいかい。

想要戒指做紀念嗎？

_____と針を買いに行くところです。

正要去買線和針。

このセーターはウサギの_____で編んだものです。

這件毛衣是用兔毛編織而成的。

先生は、間違っている言葉を_____で消すように言いました。

老師說錯誤的字彙要劃線去掉。

⑨ サンダル　　⑩ 履いた　　⑪ 指輪
⑫ 糸　　⑬ 毛　　⑭ 線

CD1-20

⑮	アクセサリー 【accessary】	名 飾品，裝飾品
⑯	スーツ 【suit】	名 套裝
⑰	ソフト 【soft】	名・形動 柔軟，軟的；軟體
⑱	ハンドバッグ 【handbag】	名 手提包
⑲	付ける	他下一 裝上，附上；塗上
⑳	玩具	名 玩具

答案　⑮ アクセサリー　　⑯ スーツ
　　　⑰ ソフト　　　　　⑱ ハンドバッグ

_____をつける。
戴上飾品。

_____を着る。
穿套裝。

_____な感じ。
柔和的感覺。

_____を買う。
買手提包。

壁に耳を_____。
把耳朵貼在牆上。

_____を買う。
買玩具。

⑲付ける　　　　⑳玩具

1 內部格局與居家裝潢

①	おくじょう 屋上	名 屋頂	類 ルーフ （roof／屋頂）
②	かべ 壁	名 牆壁；障礙	類 へだ 隔て（隔開物）
③	すいどう 水道	名 自來水管	類 じょうすいどう 上水道 （自來水管）
④	おうせつ ま 応接間	名 會客室	
⑤	たたみ 畳	名 榻榻米	
⑥	お い おし い 押し入れ／押入れ	名 （日式的）壁櫥	類 お こ 押し込み（壁櫥）
⑦	ひ だ 引き出し	名 抽屜	
⑧	ふ とん 布団	名 棉被	類 しんぐ 寝具（寢具）
⑨	カーテン【curtain】	名 窗簾	類 まく 幕（帷幕）
⑩	か 掛ける	他下一 吊掛（「かけ」為ます形，加上句型「お〜ください」表下對上的請求）	類 ぶら下がる （懸、垂吊）
⑪	か 掛ける	他下一 坐下（「かけ」為ます形，加上句型「お〜ください」表下對上的請求）	類 すわ 座る（坐下）
⑫	かざ 飾る	他五 擺飾，裝飾	類 よそお 装う（穿戴）
⑬	む 向かう	自五 面向	

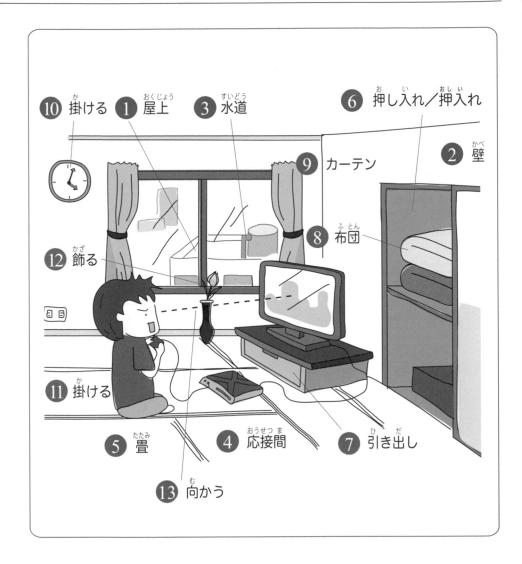

⑩ 掛_かける　① 屋上_{おくじょう}　③ 水道_{すいどう}

⑥ 押_おし入_いれ／押入_{おしい}れ

② 壁_{かべ}

⑨ カーテン

⑧ 布団_{ふとん}

⑫ 飾_{かざ}る

⑪ 掛_かける

⑤ 畳_{たたみ}　④ 応接間_{おうせつま}　⑦ 引_ひき出_だし

⑬ 向_むかう

CD1-21

1	<ruby>屋上<rt>おくじょう</rt></ruby>	屋頂
2	<ruby>壁<rt>かべ</rt></ruby>	牆壁；障礙
3	<ruby>水道<rt>すいどう</rt></ruby>	自來水管
4	<ruby>応接間<rt>おうせつま</rt></ruby>	會客室
5	<ruby>畳<rt>たたみ</rt></ruby>	榻榻米
6	<ruby>押<rt>お</rt></ruby>し<ruby>入<rt>い</rt></ruby>れ／<ruby>押入<rt>おしい</rt></ruby>れ	（日式的）壁櫥
7	<ruby>引<rt>ひ</rt></ruby>き<ruby>出<rt>だ</rt></ruby>し	抽屜
8	<ruby>布団<rt>ふとん</rt></ruby>	棉被
9	カーテン【curtain】	窗簾
10	<ruby>掛<rt>か</rt></ruby>ける	吊掛（「かけ」為ます形，加上句型「お〜ください」表下對上的請求）的請求）
11	<ruby>掛<rt>か</rt></ruby>ける	坐下（「かけ」為ます形，加上句型「お〜ください」表下對上的請求）
12	<ruby>飾<rt>かざ</rt></ruby>る	擺飾，裝飾
13	<ruby>向<rt>む</rt></ruby>かう	面向

答案　1 <ruby>屋上<rt>おくじょう</rt></ruby>　2 <ruby>壁<rt>かべ</rt></ruby>　3 <ruby>水道<rt>すいどう</rt></ruby>　4 <ruby>応接間<rt>おうせつま</rt></ruby>
5 <ruby>畳<rt>たたみ</rt></ruby>　6 <ruby>押<rt>お</rt></ruby>し<ruby>入<rt>い</rt></ruby>れ　7 <ruby>引<rt>ひ</rt></ruby>き<ruby>出<rt>だ</rt></ruby>し

_____でサッカーをすることができます。

頂樓可以踢足球。

子どもたちに、_____に絵をかかないように言った。

已經告訴小孩不要在牆上塗鴉。

_____の水が飲めるかどうか知りません。

不知道自來水管的水是否可以飲用？

_____の花に水をやってください。

會客室裡的花澆一下水。

このうちは、_____の匂いがします。

這屋子散發著榻榻米的味道。

その本は、_____にしまっておいてください。

請將那本書收進壁櫥裡。

_____の中には、鉛筆とかペンとかがあります。

抽屜中有鉛筆跟筆等。

_____をしいて、いつでも寝られるようにした。

鋪好棉被，以便隨時可以睡覺。

_____をしめなくてもいいでしょう。

不拉上窗簾也沒關係吧！

ここにコートをお_____ください。

請把外套掛在這裡。

こちらにお_____になってお待ちくださいませ。

請您坐在這裡稍待一下。

花をそこにそう_____ときれいですね。

花像那樣擺在那裡，就很漂亮了。

鏡に_____。

對著鏡子。

8 布団 　　9 カーテン 　　10 掛け
11 掛け 　　12 飾る 　　13 向かう

75

2 ｜ 居住

CD1-22

① 建てる	他下一 建造	類 建築（建造）
② ビル【building】	名 高樓，大廈	類 建築物（建築物）
③ エスカレーター	【escalator】	名 自動手扶梯
④ お宅	名 您府上，貴宅	類 お住まい（<敬>住所）
⑤ 住所	名 地址	類 居所（<文>住處）
⑥ 近所	名 附近	類 辺り（附近）
⑦ 留守	名・他サ 不在家；看家	類 不在（不在家）
⑧ 移る	自五 遷移；轉移；傳染（「うつり」為ます形，加上句型「お～ください」表下對上的請求）	類 動かす（活動）　對 とめる（停止）
⑨ 引っ越す	自サ 搬家	類 引き移る（遷移）
⑩ 下宿	名・自サ 寄宿，住宿	類 貸間（出租的房間）
⑪ 生活	名・自サ 生活	類 暮らし（生活）
⑫ 生ごみ	名 廚餘，有機垃圾，有水分的垃圾	
⑬ 燃えるごみ	名 可燃垃圾	
⑭ 不便	形動 不方便	類 不自由（不自由）　對 便利（方便）
⑮ 二階建て	名 二層建築	

答案　① 建て　② ビル／ビル　③ エスカレーター　④ お宅
　　　⑤ 住所　⑥ 近所　⑦ 留守　⑧ 移り

こんな家を＿＿＿＿たいと思います。
我想蓋這樣的房子。

この＿＿＿＿は、あの＿＿＿＿より高いです。
這棟大廈比那棟大廈高。

駅に＿＿＿＿をつけることになりました。
車站決定設置自動手扶梯。

うちの息子より、＿＿＿＿の息子さんのほうがまじめです。
你家兒子比我家兒子認真。

私の＿＿＿＿をあげますから、手紙をください。
給你我的地址，請寫信給我。

＿＿＿＿の人が、りんごをくれました。
鄰居送了我蘋果。

遊びに行ったのに、＿＿＿＿だった。
我去找他玩，他卻不在家。

あちらの席にお＿＿＿＿ください。
請移到那邊的座位。

大阪に＿＿＿＿ことにしました。
決定搬到大阪。

＿＿＿＿の探し方がわかりません。
不知道如何尋找住的公寓。

どんなところでも＿＿＿＿できます。
我不管在哪裡都可以生活。

＿＿＿＿は一般のごみと分けて捨てます。
廚餘要跟一般垃圾分開來丟棄。

＿＿＿＿は、火曜日に出さなければいけません。
可燃垃圾只有星期二才可以丟。

この機械は、＿＿＿＿すぎます。
這機械太不方便了。

＿＿＿＿の家。
兩層樓的家。

⑨ 引っ越す　⑩ 下宿　⑪ 生活　⑫ 生ごみ
⑬ 燃えるごみ　⑭ 不便　⑭ 二階建て

3 家具、電器與道具 ◉ CD1-23

1	<ruby>鏡<rt>かがみ</rt></ruby>	名 鏡子	類 ミラー （mirror／鏡子）
2	<ruby>棚<rt>たな</rt></ruby>	名 架子，棚架	類 <ruby>本棚<rt>ほんだな</rt></ruby>（書架）
3	スーツケース【suitcase】	名 手提旅行箱	類 トランク （trunk／旅行大提包）
4	<ruby>冷房<rt>れいぼう</rt></ruby>	名・他サ 冷氣	
5	<ruby>暖房<rt>だんぼう</rt></ruby>	名 暖氣	類 ヒート（heat／熱氣） 對 <ruby>冷房<rt>れいぼう</rt></ruby>（冷氣設備）
6	<ruby>電灯<rt>でんとう</rt></ruby>	名 電燈	類 <ruby>明<rt>あ</rt></ruby>かり（燈）
7	ガスコンロ【（荷）gas+ <ruby>焜炉<rt>こん ろ</rt></ruby>】	名 瓦斯爐，煤氣爐	
8	<ruby>乾燥機<rt>かんそう き</rt></ruby>	名 乾燥機，烘乾機	
9	ステレオ【stereo】	名 音響	類 レコード （record／唱片）
10	<ruby>携帯電話<rt>けいたいでん わ</rt></ruby>	名 手機，行動電話	類 ケータイ（手機）
11	ベル【bell】	名 鈴聲	類 <ruby>鈴<rt>すず</rt></ruby>（鈴鐺）
12	<ruby>鳴<rt>な</rt></ruby>る	自五 響，叫	類 <ruby>響<rt>ひび</rt></ruby>く（聲響）
13	<ruby>道具<rt>どう ぐ</rt></ruby>	名 工具；手段	類 <ruby>器具<rt>き ぐ</rt></ruby>（器具）
14	<ruby>機械<rt>き かい</rt></ruby>	名 機械	類 <ruby>機関<rt>き かん</rt></ruby>（機械）
15	タイプ【type】	名 款式；類型；打字	類 <ruby>形式<rt>けいしき</rt></ruby>（形式）

答案　1 <ruby>鏡<rt>かがみ</rt></ruby>　2 <ruby>棚<rt>たな</rt></ruby>　3 スーツケース　4 <ruby>冷房<rt>れいぼう</rt></ruby>
　　　5 <ruby>暖房<rt>だんぼう</rt></ruby>　6 <ruby>電灯<rt>でんとう</rt></ruby>　7 ガスコンロ　8 <ruby>乾燥機<rt>かんそう き</rt></ruby>

_____なら、そこにあります。

如果要鏡子，就在那裡。

_____を作って、本を置けるようにした。

做了架子，以便放書。

親切な男性に、_____を持っていただきました。

有位親切的男士，幫我拿了旅行箱。

_____を点ける。

開冷氣。

暖かいから、_____をつけなくてもいいです。

很溫暖的，所以不開暖氣也無所謂。

明るいから、_____をつけなくてもかまわない。

天還很亮，不開電燈也沒關係。

_____を使っています。

我正在使用瓦斯爐。

梅雨の時期は、_____が欠かせません。

乾燥機是梅雨時期不可缺的工具。

彼に_____をあげたら、とても喜んだ。

送他音響，他就非常高興。

どこの_____を使っていますか。

請問你是用哪一個廠牌的手機呢？

どこかで_____が鳴っています。

不知哪裡的鈴聲響了。

ベルが_____はじめたら、書くのをやめてください。

鈴聲一響起，就請停筆。

_____を集めて、いつでも使えるようにした。

收集了道具，以便隨時可以使用。

_____のような音がしますね。

好像有機械轉動聲耶。

私はこの_____のパソコンにします。

我要這種款式的電腦。

⑨ ステレオ　　⑩ 携帯電話　　⑪ ベル　　⑫ 鳴り

⑬ 道具　　⑭ 機械　　⑭ タイプ

4 使用道具

CD1-24

①	点ける	他下一 打開（家電類）；點燃	類 点す（點燈） 對 消す（關掉）
②	点く	自五 點上，（火）點著	類 点る（點著） 對 消える（熄滅）
③	回る	自五 轉動；走動；旋轉	類 巡る（循環）
④	運ぶ	他五 運送，搬運；進行	類 運搬（搬運）
⑤	止める	他下一 關掉，停止	類 停止（停止） 對 動かす（活動）
⑥	故障	名・自サ 故障	類 壊れる（壞掉）
⑦	壊れる	自下一 壞掉，損壞；故障	類 故障（故障）
⑧	割れる	自下一 破掉，破裂	類 砕ける（破碎）
⑨	無くなる	自五 不見，遺失；用光了	類 無くす（不見）
⑩	取り替える	他下一 交換；更換	類 入れ替える（更換）
⑪	直す	他五 修理；改正；治療	類 修理（修理）
⑫	直る	自五 修理；治好	類 復元（復原）

答案　① つける　② ついた　③ 回る　④ 運んで
　　　⑤ 止めて　⑥ 故障　⑦ 壊れ

クーラーを＿＿＿＿＿より、窓を開けるほうがいいでしょう。

與其開冷氣，不如打開窗戶來得好吧！

あの家は、夜も電気が＿＿＿＿＿ままだ。

那戶人家，夜裡燈也照樣點著。

村の中を、あちこち＿＿＿＿＿ところです。

正要到村裡到處走動走動。

その商品は、店の人が＿＿＿＿＿くださるのです。

那個商品，店裡的人會幫我送過來。

その動きつづけている機械を＿＿＿＿＿ください。

請關掉那台不停轉動的機械。

私のコンピューターは、＿＿＿＿＿しやすい。

我的電腦老是故障。

台風で、窓が＿＿＿＿＿ました。

窗戶因颱風，而壞掉了。

鈴木さんにいただいたカップが、＿＿＿＿＿しまいました。

鈴木送我的杯子，破掉了。

きのうもらった本が、＿＿＿＿＿しまった。

昨天拿到的書不見了。

新しい商品と＿＿＿＿＿ます。

可以更換新產品。

自転車を＿＿＿＿＿やるから、持ってきなさい。

我幫你修理腳踏車，去把它騎過來。

この車は、土曜日までに＿＿＿＿＿ますか。

這輛車星期六以前能修好嗎？

⑧ 割れて　　　　⑨ なくなって　　　⑩ 取り替えられ

⑪ 直して　　　　⑫ 直り

1 各種機關與設施

①	<ruby>床屋<rt>とこや</rt></ruby>	名 理髮店；理髮師	
②	<ruby>講堂<rt>こうどう</rt></ruby>	名 禮堂	
③	<ruby>会場<rt>かいじょう</rt></ruby>	名 會場	類 <ruby>催<rt>もよお</rt></ruby>し<ruby>物<rt>もの</rt></ruby>（集會）
④	<ruby>事務所<rt>じむしょ</rt></ruby>	名 辦公室	類 オフィス （office／工作場所）
⑤	<ruby>教会<rt>きょうかい</rt></ruby>	名 教會	類 チャーチ （church／教堂）
⑥	<ruby>神社<rt>じんじゃ</rt></ruby>	名 神社	類 <ruby>神宮<rt>じんぐう</rt></ruby> （＜位階較高的＞神社）
⑦	<ruby>寺<rt>てら</rt></ruby>	名 寺廟	類 <ruby>寺院<rt>じいん</rt></ruby>（寺廟）
⑧	<ruby>動物園<rt>どうぶつえん</rt></ruby>	名 動物園	
⑨	<ruby>美術館<rt>びじゅつかん</rt></ruby>	名 美術館	
⑩	<ruby>駐車場<rt>ちゅうしゃじょう</rt></ruby>	名 停車場	類 パーキング （parking／停車場）
⑪	<ruby>空港<rt>くうこう</rt></ruby>	名 機場	類 <ruby>飛行場<rt>ひこうじょう</rt></ruby>（機場）
⑫	<ruby>飛行場<rt>ひこうじょう</rt></ruby>	名 機場	類 <ruby>空港<rt>くうこう</rt></ruby>（機場）
⑬	<ruby>港<rt>みなと</rt></ruby>	名 港口，碼頭	類 <ruby>港湾<rt>こうわん</rt></ruby>（港灣）
⑭	<ruby>工場<rt>こうじょう</rt></ruby>	名 工廠	類 <ruby>工場<rt>こうば</rt></ruby>（工廠）
⑮	スーパー 【supermarket】之略	名 超級市場	

1 床屋（とこや）
2 講堂（こうどう）
3 会場（かいじょう）
4 事務所（じむしょ）
5 教会（きょうかい）
6 神社（じんじゃ）
7 寺（てら）
8 動物園（どうぶつえん）
9 美術館（びじゅつかん）
10 駐車場（ちゅうしゃじょう）
11 空港（くうこう）
12 飛行場（ひこうじょう）
15 スーパー
13 港（みなと）
14 工場（こうじょう）

CD1-25

1	とこや 床屋	理髮店；理髮師
2	こうどう 講堂	禮堂
3	かいじょう 会場	會場
4	じむしょ 事務所	辦公室
5	きょうかい 教会	教會
6	じんじゃ 神社	神社
7	てら 寺	寺廟
8	どうぶつえん 動物園	動物園
9	びじゅつかん 美術館	美術館
10	ちゅうしゃじょう 駐車場	停車場
11	くうこう 空港	機場
12	ひこうじょう 飛行場	機場
13	みなと 港	港口，碼頭
14	こうじょう 工場	工廠
15	スーパー【supermarket】之略	超級市場

答案　1 とこや
床屋　　2 こうどう
講堂　　3 かいじょう
会場　　4 じむしょ
事務所
5 きょうかい
教会　　6 じんじゃ
神社　　7 てら
寺　　8 どうぶつえん
動物園

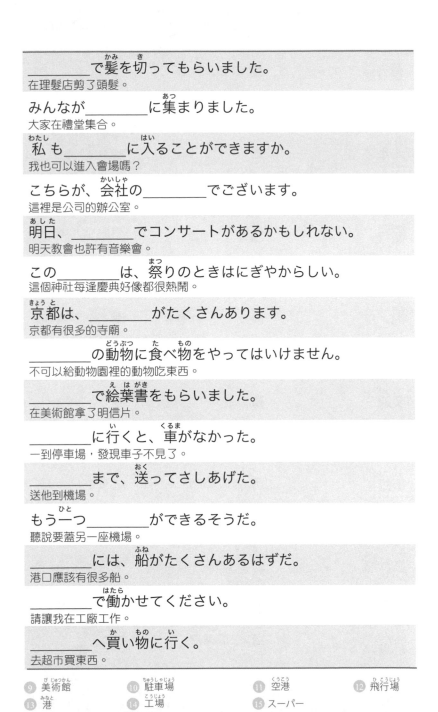

_____で髪を切ってもらいました。
在理髮店剪了頭髮。

みんなが_____に集まりました。
大家在禮堂集合。

私も_____に入ることができますか。
我也可以進入會場嗎？

こちらが、会社の_____でございます。
這裡是公司的辦公室。

明日、_____でコンサートがあるかもしれない。
明天教會也許有音樂會。

この_____は、祭りのときはにぎやからしい。
這個神社每逢慶典好像都很熱鬧。

京都は、_____がたくさんあります。
京都有很多的寺廟。

_____の動物に食べ物をやってはいけません。
不可以給動物園裡的動物吃東西。

_____で絵葉書をもらいました。
在美術館拿了明信片。

_____に行くと、車がなかった。
一到停車場，發現車子不見了。

_____まで、送ってさしあげた。
送他到機場。

もう一つ_____ができるそうだ。
聽說要蓋另一座機場。

_____には、船がたくさんあるはずだ。
港口應該有很多船。

_____で働かせてください。
請讓我在工廠工作。

_____へ買い物に行く。
去超市買東西。

9 美術館　　10 駐車場　　11 空港　　12 飛行場
13 港　　14 工場　　15 スーパー

85

2 | 交通工具與交通　　CD1-26

① **乗り物** （の）（もの）	名 交通工具	
② **オートバイ** 【auto+bicycle（和製英語）】	名 摩托車	類 バイク （bike／機車）
③ **汽車** （きしゃ）	名 火車	類 鉄道（鐵路） （てつどう）
④ **普通** （ふつう）	名・形動 普通，平凡； 普通車	類 一般（一般） （いっぱん） 對 特別（特別） （とくべつ）
⑤ **急行** （きゅうこう）	名 急行；快車	類 急ぐ（急速） （いそ）
⑥ **特急** （とっきゅう）	名 火速；特急列車	對 普通 （ふつう） （普通<列車>）
⑦ **船／舟** （ふね）（ふね）	名 船；舟，小型船	類 汽船（輪船） （きせん）
⑧ **ガソリンスタンド** 【gasoline+stand（和製英語）】	名 加油站	
⑨ **交通** （こうつう）	名 交通	類 行き来（往來） （ゆ）（き）
⑩ **通り** （とお）	名 道路，街道	類 道（通路） （みち）
⑪ **事故** （じこ）	名 意外，事故	類 出来事（事件） （で）（きごと）
⑫ **工事中** （こうじちゅう）	名 施工中；（網頁） 建製中	
⑬ **忘れ物** （わす）（もの）	名 遺忘物品，遺失物	類 落し物（遺失物） （おと）（もの）
⑭ **帰り** （かえ）	名 回家途中	類 帰り道（歸途） （かえ）（みち）
⑮ **番線** （ばんせん）	名 軌道線編號， 月台編號	

答案　① 乗り物（の）（もの）　② オートバイ　③ 汽車（きしゃ）　④ 普通（ふつう）
　　　⑤ 急行（きゅうこう）　⑥ 特急（とっきゅう）　⑦ 船（ふね）　⑧ ガソリンスタンド

_____に乗るより、歩くほうがいいです。
走路比搭交通工具好。

その_____は、彼のらしい。
那台摩托車好像是他的。

あれは、青森に行く_____らしい。
那好像是開往青森的火車。

急行は小宮駅には止まりません。_____列車をご利用ください。
快車不停小宮車站，請搭乘普通車。

_____に乗ったので、早く着いた。
因為搭乘快車，所以提早到了。

_____で行こうと思う。
我想搭特急列車前往。

飛行機は、_____より速いです。
飛機比船還快。

あっちに_____がありそうです。
那裡好像有加油站。

東京は、_____が便利です。
東京交通便利。

どの_____も、車でいっぱいだ。
不管哪條路，車都很多。

_____に遭ったが、ぜんぜんけがをしなかった。
遇到事故，卻毫髮無傷。

この先は_____です。
前面正在施工中。

あまり_____をしないほうがいいね。
最好別太常忘東西。

私は時々、_____におじの家に行くことがある。
我有時回家途中會去伯父家。

5_____の列車。
五號月台的列車。

⑨ 交通　こうつう
⑩ 通り　とおり
⑪ 事故　じこ
⑫ 工事中　こうじちゅう
⑬ 忘れ物　わすれもの
⑭ 帰り　かえり
⑮ 番線　ばんせん

3 交通相關

① 一方通行 いっぽうつうこう	名 單行道；單向傳達	類 一方交通 いっぽうこうつう （單向交通）
② 内側 うちがわ	名 內部，內側，裡面	類 内部（內部） ないぶ 對 外側（外側） そとがわ
③ 外側 そとがわ	名 外部，外面，外側	類 外部（外部） がいぶ 對 内側（內部） うちがわ
④ 近道 ちかみち	名 捷徑，近路	類 近回り（抄近路） ちかまわ 對 回り道（繞遠路） まわ みち
⑤ 横断歩道 おうだん ほ どう	名 斑馬線	
⑥ 席 せき	名 座位；職位	類 座席（座位） ざ せき
⑦ 運転席 うんてんせき	名 駕駛座	
⑧ 指定席 し ていせき	名 劃位座，對號入座	對 自由席（自由座） じ ゆうせき
⑨ 自由席 じ ゆうせき	名 自由座	對 指定席（對號座） し ていせき
⑩ 通行止め つうこう ど	名 禁止通行，無路可走	
⑪ 急ブレーキ きゅう	名 緊急剎車	
⑫ 終電 しゅうでん	名 最後一班電車，末班車	類 最終電車 さいしゅうでんしゃ （末班電車）
⑬ 信号無視 しんごう む し	名 違反交通號誌，闖紅（黃）燈	
⑭ 駐車違反 ちゅうしゃ い はん	名 違規停車	

答案
① 一方通行
いっぽうつうこう
② 内側
うちがわ
③ 外側
そとがわ
④ 近道
ちかみち
⑤ 横断歩道
おうだん ほ どう
⑥ 席
せき
⑦ 運転席
うんてんせき
⑧ 指定席
し ていせき

台湾は＿＿＿＿＿の道が多いです。

台灣有很多單行道。

危ないですから、＿＿＿＿＿を歩いた方がいいですよ。

這裡很危險，所以還是靠內側行走比較好喔。

だいたい大人が＿＿＿＿＿、子どもが内側を歩きます。

通常是大人走在外側，小孩走在內側。

八百屋の前を通ると、＿＿＿＿＿ですよ。

過了蔬果店前面就是捷徑了。

＿＿＿＿＿を渡る時は、手をあげましょう。

要走過斑馬線的時候，把手舉起來吧。

＿＿＿＿＿につけ。

回位子坐好！

＿＿＿＿＿に座っているのが父です。

坐在駕駛座上的是家父。

＿＿＿＿＿ですから、急いでいかなくても大丈夫ですよ。

我是對號座，所以不用趕著過去也無妨。

＿＿＿＿＿ですから、席がないかもしれません。

因為是自由座，所以說不定會沒有位子。

この先は＿＿＿＿＿です。

此處前方禁止通行。

＿＿＿＿＿をかけることがありますから、必ずシートベルトをしてください。

由於有緊急煞車的可能，因此請繫好您的安全帶。

＿＿＿＿＿は12時にここを出ます。

末班車將於12點由本站開出。

＿＿＿＿＿をして、警察につかまりました。

因為違反交通號誌，被警察抓到了。

ここに駐車すると、＿＿＿＿＿になりますよ。

如果把車停在這裡，就會是違規停車喔。

9 自由席　10 通行止め　11 急ブレーキ
12 終電　13 信号無視　14 駐車違反

89

4 使用交通工具

①	うんてん 運転	名・他サ 開車；周轉	類 動かす（移動） 對 止める（停住）
②	とお 通る	自五 經過；通過；合格	類 通行（通行）
③	の か 乗り換える	他下一 轉乘，換車（「のりかえ」為ます形， 加上句型「お〜ください」表下對上的請求）	
④	しゃない 車内アナウンス 【announce】	名 車廂內廣播	類 車内放送 （車廂廣播）
⑤	コインランドリー 【coin-operated laundry】	名 投幣式洗衣機	
⑥	ふ 踏む	他五 踩住，踩到	類 踏まえる（踩）
⑦	と 止まる	自五 停止	類 休止（休止） 對 進む（前進）
⑧	ひろ 拾う	他五 撿拾；叫車	類 拾得（拾得） 對 落とす（掉下）
⑨	お お 下りる／降りる	自上一 下來；下車；退位	類 下る（下降） 對 上る（上升）
⑩	ちゅう い 注意	名・自サ 注意，小心	類 用心（警惕）
⑪	かよ 通う	自五 來往，往來	類 通勤（上下班）
⑫	もど 戻る	自五 回到；回到手頭； 折回	類 帰る（回去） 對 進む（前進）
⑬	よ 寄る	自五 順道去〜；接近	類 立ち寄る （順道去）
⑭	あ 空く	自五 空閒，空蕩	類 減る（減少） 對 込む（人多擁擠）
⑮	ゆ 揺れる	自下一 搖動；動搖	

答案 ① うんてん
運転　② とお
通る　③ の か
乗り換え　④ しゃない
車内アナウンス
⑤ コインランドリー　⑥ ふ
踏まれる　⑦ と
止まった　⑧ ひろ
拾わせられた

車を＿＿＿＿＿＿＿＿しようとしたら、かぎがなかった。
正想開車，才發現沒有鑰匙。

私は、あなたの家の前を＿＿＿＿＿＿＿＿ことがあります。
我有時會經過你家前面。

新宿でJRにお＿＿＿＿＿＿＿＿ください。
請在新宿轉搭JR線。

＿＿＿＿＿＿＿＿が聞こえませんでした。
我當時聽不見車廂內廣播。

駅前に行けば、＿＿＿＿＿＿＿＿がありますよ。
只要到車站前就會有投幣式洗衣機喔。

電車の中で、足を＿＿＿＿＿＿＿＿ことはありますか。
在電車裡有被踩過腳嗎？

今、ちょうど機械が＿＿＿＿＿＿＿＿ところだ。
現在機器剛停了下來。

公園でごみを＿＿＿＿＿＿＿＿。
被叫去公園撿垃圾。

この階段は＿＿＿＿＿＿＿＿やすい。
這個階梯很好下。

車にご＿＿＿＿＿＿＿＿ください。
請注意車輛！

学校に＿＿＿＿＿＿＿＿ことができて、まるで夢を見ているようだ。
能夠上學，簡直像作夢一樣。

こう行って、こう行けば、駅に＿＿＿＿＿＿＿＿ます。
這樣走，再這樣走下去，就可以回到車站。

彼は、会社の帰りに喫茶店に＿＿＿＿＿＿＿＿たがります。
他回公司途中總喜歡順道去咖啡店。

席が＿＿＿＿＿＿＿＿たら、座ってください。
如空出座位來，請坐下。

車が＿＿＿＿＿＿＿＿。
車子晃動。

⑨ 下り　　⑩ 注意　　⑪ 通う　　⑫ 戻れ

⑬ 寄り　　⑭ 空い　　⑮ 揺れる

1 | 休閒、旅遊

#	單字	詞性・意思	類・對
1	遊び あそ	名 遊玩，玩耍；間隙	類 行楽（出遊） こうらく
2	小鳥 ことり	名 小鳥	
3	珍しい めずら	形 少見，稀奇	類 異例（沒有前例） いれい
4	釣る つ	他五 釣魚；引誘	類 釣り上げる つ あ （釣上來）
5	予約 よやく	名・他サ 預約	類 アポ（appointment 之略／預約）
6	出発 しゅっぱつ	名・自サ 出發；起步	類 スタート（start／出發） 對 到着（到達） とうちゃく
7	案内 あんない	名・他サ 陪同遊覽，帶路	類 ガイド（帶路）
8	見物 けんぶつ	名・他サ 觀光，參觀	類 観光（觀光） かんこう
9	楽しむ たの	他五 享受，欣賞，快樂；以～為消遣；期 待，盼望	
10	あんな	連體 那樣地	類 ああ（那樣）
11	景色 けしき	名 景色，風景	類 風景（風景） ふうけい
12	見える み	自下一 看見；看得見； 看起來	
13	旅館 りょかん	名 旅館	類 ホテル （hotel／飯店）
14	泊まる と	自五 住宿，過夜； （船）停泊	
15	お土産 みやげ	名 當地名產；禮物	類 みやげ物（名產） もの

1	遊び（あそび）	遊玩，玩耍；間隙	
2	小鳥（ことり）	小鳥	
3	珍しい（めずらしい）	少見，稀奇	
4	釣る（つる）	釣魚；引誘	
5	予約（よやく）	預約	
6	出発（しゅっぱつ）	出發；起步	
7	案内（あんない）	陪同遊覽，帶路	
8	見物（けんぶつ）	觀光，參觀	
9	楽しむ（たのしむ）	享受，欣賞，快樂；以～為消遣；期待，盼望	
10	あんな	那樣地	
11	景色（けしき）	景色，風景	
12	見える（みえる）	看見；看得見；看起來	
13	旅館（りょかん）	旅館	
14	泊まる（とまる）	住宿，過夜；（船）停泊	
15	お土産（おみやげ）	當地名產；禮物	

答案　① 遊び（あそび）　② 小鳥（ことり）　③ 珍しい（めずらしい）　④ 釣る（つる）
　　　⑤ 予約（よやく）　⑥ 出発（しゅっぱつ）　⑦ 案内（あんない）

勉強より、＿＿＿＿＿のほうが楽しいです。
玩樂比讀書有趣。

＿＿＿＿＿には、何をやったらいいですか。
餵什麼給小鳥吃好呢？

彼がそう言うのは、＿＿＿＿＿ですね。
他會那樣說倒是很稀奇。

ここで魚を＿＿＿＿＿な。
不要在這裡釣魚。

レストランの＿＿＿＿＿をしなくてはいけない。
得預約餐廳。

なにがあっても、明日は＿＿＿＿＿します。
無論如何，明天都要出發。

京都を＿＿＿＿＿してさしあげました。
我陪同他遊覽了京都。

祭りを＿＿＿＿＿させてください。
請讓我參觀祭典。

音楽を＿＿＿＿＿。
欣賞音樂。

私だったら、＿＿＿＿＿ことはしません。
如果是我的話，才不會做那種事。

どこか、＿＿＿＿＿のいいところへ行きたい。
想去風景好的地方。

ここから東京タワーが＿＿＿＿＿はずがない。
從這裡不可能看得到東京鐵塔。

日本風の＿＿＿＿＿に泊まることがありますか。
你有時會住日式旅館嗎？

ホテルに＿＿＿＿＿。
住飯店。

みんなに＿＿＿＿＿を買ってこようと思います。
我想買點當地名產給大家。

⑧ 見物	⑨ 楽しむ	⑩ あんな	⑪ 景色
⑫ 見える	⑬ 旅館	⑭ 泊まる	⑮ お土産

2 │ 藝文活動

● CD2-2

1	しゅみ 趣味	名 嗜好	類 この 好み（愛好）
2	きょうみ 興味	名 興趣	類 こうきしん 好奇心（好奇心）
3	ばんぐみ 番組	名 節目	類 プログラム （program／節目〈單〉）
4	てんらんかい 展覧会	名 展覽會	類 もよおもの 催し物（集會）
5	はなみ 花見	名 賞花	
6	にんぎょう 人形	名 洋娃娃，人偶	類 ドール （doll／洋娃娃）
7	ピアノ【piano】	名 鋼琴	
8	コンサート【concert】	名 音樂會	類 おんがくかい 音楽会（音樂會）
9	ラップ【rap】	名 饒舌樂，饒舌歌	
10	おと 音	名 （物體發出的）聲音	類 ねいろ 音色（音色）
11	き 聞こえる	自下一 聽得見	類 きと 聴き取る（聽見）
12	うつ 写す	他五 照相；描寫，描繪	類 と 撮る（拍照）
13	おど 踊り	名 舞蹈	類 ぶよう 舞踊（舞蹈）
14	おど 踊る	自五 跳舞，舞蹈	類 ダンス （dance／跳舞）
15	うまい	形 拿手；好吃	類 おいしい 美味しい（好吃） 對 まずい（難吃）

答案 ① しゅみ 趣味　② きょうみ 興味　③ ばんぐみ 番組　④ てんらんかい 展覧会
　　⑤ はなみ 花見　⑥ にんぎょう 人形　⑦ ピアノ　⑧ コンサート

君の＿＿＿＿＿は何だい。
你的嗜好是什麼？

＿＿＿＿＿があれば、お教えします。
如果有興趣，我可以教您。

新しい＿＿＿＿＿が始まりました。
新節目已經開始了。

＿＿＿＿＿とか音楽会とかに、よく行きます。
展覽會啦、音樂會啦，我都常去參加。

＿＿＿＿＿は楽しかったかい。
賞花有趣嗎？

＿＿＿＿＿の髪が伸びるはずがない。
洋娃娃的頭髮不可能變長。

＿＿＿＿＿を弾く。
彈鋼琴。

＿＿＿＿＿でも行きませんか。
要不要去聽音樂會？

＿＿＿＿＿を聞きますか。
你聽饒舌音樂嗎？

あれは、自動車の＿＿＿＿＿かもしれない。
那可能是汽車的聲音。

電車の音が＿＿＿＿＿きました。
聽到電車的聲音了。

写真を＿＿＿＿＿あげましょうか。
我幫你照相吧！

沖縄の＿＿＿＿＿を見たことがありますか。
你看過沖繩舞蹈嗎？

私はタンゴが＿＿＿＿＿ます。
我會跳探戈舞。

彼はテニスは＿＿＿＿＿のに、ゴルフは下手です。
他網球打得好，但高爾夫卻打不好。

⑨ ラップ　　　⑩ 音（おと）　　　⑪ 聞こえて　　　⑫ 写して（うつして）
⑬ 踊り（おどり）　　　⑭ 踊れ（おどれ）　　　⑮ うまい

3 | 節日

1 しょうがつ
正月

名 正月，新年

類 しんしゅん
新春（新年）

2 まつ
お祭り

名 慶典，祭典

類 さい し
祭祀（祭祀）

3 おこな／おこ
行う／行なう

他五 舉行，舉辦

類 じっし
実施（實施）

4 いわ
お祝い

名 慶祝，祝福

類 しゅく が
祝賀（祝賀）

5 いの
祈る

自五 祈禱；祝福

類 ねが
願う（希望）

6 プレゼント
【present】

名 禮物

類 おく もの
贈り物（禮物）

7 おく もの
贈り物

名 贈品，禮物

類 ギフト（gift／禮物）

8 うつく
美しい

形 美麗，好看

類 き れい
綺麗（好看）
對 きたな
汚い（骯髒）

9 あ
上げる

他下一 給；送

類 あた
与える（給予）

10 しょうたい
招待

名・他サ 邀請

類 まね
招く（招待）

11 れい
お礼

名 謝辭，謝禮

類 へんれい
返礼（回禮）

答案
1 しょうがつ
正月
2 まつ
お祭り
3 おこな
行われる
4 いわ
お祝い
5 いの
祈る
6 プレゼント
7 おく もの
贈り物

もうすぐお＿＿＿＿＿＿＿ですね。

馬上就快新年了。

＿＿＿＿＿＿＿の日^ひが、近^{ちか}づいてきた。

慶典快到了。

来週^{らいしゅう}、音楽会^{おんがくかい}が＿＿＿＿＿＿＿。

音樂將會在下禮拜舉行。

これは、＿＿＿＿＿＿＿のプレゼントです。

這是聊表祝福的禮物。

みんなで、平和^{へいわ}について＿＿＿＿＿＿＿ところです。

大家正要為和平而祈禱。

子^こどもたちは、＿＿＿＿＿＿＿をもらって嬉^{うれ}しがる。

孩子們收到禮物，感到欣喜萬分。

この＿＿＿＿＿＿＿をくれたのは、誰^{だれ}ですか。

這禮物是誰送我的？

＿＿＿＿＿＿＿絵^えを見^みることが好^すきです。

喜歡看美麗的畫。

ほしいなら、＿＿＿＿＿＿＿ますよ。

如果想要，就送你。

みんなをうちに＿＿＿＿＿＿＿するつもりです。

我打算邀請大家來家裡作客。

＿＿＿＿＿＿＿を言^いわせてください。

請讓我表示一下謝意。

---

8 美^{うつく}しい　　　9 あげ　　　10 招待^{しょうたい}
11 お礼^{れい}

もうすぐお＿＿＿＿＿＿＿ですね。

馬上就快新年了。

＿＿＿＿＿＿＿の日（ひ）が、近（ちか）づいてきた。

慶典快到了。

来週（らいしゅう）、音楽会（おんがくかい）が＿＿＿＿＿＿＿。

音樂將會在下禮拜舉行。

これは、＿＿＿＿＿＿＿のプレゼントです。

這是聊表祝福的禮物。

みんなで、平和（へいわ）について＿＿＿＿＿＿＿ところです。

大家正要為和平而祈禱。

子（こ）どもたちは、＿＿＿＿＿＿＿をもらって嬉（うれ）しがる。

孩子們收到禮物，感到欣喜萬分。

この＿＿＿＿＿＿＿をくれたのは、誰（だれ）ですか。

這禮物是誰送我的？

＿＿＿＿＿＿＿絵（え）を見（み）ることが好（す）きです。

喜歡看美麗的畫。

ほしいなら、＿＿＿＿＿＿＿ますよ。

如果想要，就送你。

みんなをうちに＿＿＿＿＿＿＿するつもりです。

我打算邀請大家來家裡作客。

＿＿＿＿＿＿＿を言（い）わせてください。

請讓我表示一下謝意。

---

8 美（うつく）しい　　　9 あげ　　　10 招待（しょうたい）
11 お礼（れい）

1 學校與科目

CD2-4

1	きょういく 教育	名 教育	類 ぶんきょう 文教（文化和教育）
2	しょうがっこう 小学校	名 小學	
3	ちゅうがっこう 中学校	名 中學	
4	こうこう　こうとうがっこう 高校／高等学校	名 高中	
5	がくぶ 学部	名 ～科系；～院系	
6	せんもん 専門	名 攻讀科系	類 せんこう 専攻（專攻）
7	げんごがく 言語学	名 語言學	類 ごがく 語学（語言學）
8	けいざいがく 経済学	名 經濟學	
9	いがく 医学	名 醫學	類 いじゅつ 医術（醫術）
10	けんきゅうしつ 研究室	名 研究室	
11	かがく 科学	名 科學	類 しぜんかがく 自然科学（自然科學）
12	すうがく 数学	名 數學	類 さんすう 算数（算數）
13	れきし 歴史	名 歷史	類 えんかく 沿革（沿革）
14	けんきゅう 研究・する	名・他サ 研究	類 たんきゅう 探究（探究）

答案
1 きょういく
教育
2 しょうがっこう
小学校
3 ちゅうがっこう
中学校
4 こうこう
高校
5 がくぶ
学部
6 せんもん
専門
7 げんごがく
言語学
8 けいざいがく
経済学

学校_____について、研究しているところだ。
正在研究學校教育。

来年から、_____の先生になることになりました。
明年起將成為小學老師。

私は、_____でテニスの試合に出たことがあります。
我在中學曾參加過網球比賽。

_____の時の先生が、アドバイスをしてくれた。
高中時代的老師給了我建議。

彼は医_____に入りたがっています。
他想進醫學系。

来週までに、_____を決めろよ。
下星期前，要決定攻讀的科系唷。

_____って、どんなことを勉強するのですか。
語言學是在唸什麼的呢？

大学で_____の理論を勉強しています。
我在大學裡主修經濟學理論。

_____を勉強するなら、東京大学がいいです。
如果要學醫，我想讀東京大學。

_____にだれかいるようです。
研究室裡好像有人。

_____が進歩して、いろいろなことができるようになりました。
科學進步了，很多事情都可以做了。

友だちに、_____の問題の答えを教えてやりました。
我告訴朋友數學題目的答案了。

日本の_____についてお話いたします。
我要講的是日本歷史。

何を_____いますか。
您在做什麼研究？

⑨ 医学　　　　⑩ 研究室　　　　⑪ 科学
⑫ 数学　　　　⑬ 歴史　　　　⑭ 研究されて

2 | 學生生活（一）

CD2-5

①	にゅうがく 入学	名・自サ 入學	類 しんがく 進学（升學）
②	よしゅう 予習	名・他サ 預習	類 べんきょう 勉強（唸書）
③	け 消しゴム 【けし gum】	名 橡皮擦	
④	こうぎ 講義	名 上課	類 こうざ 講座（＜大學的＞講座）
⑤	じてん 辞典	名 字典	類 じび 字引き（＜俗＞字典）
⑥	ひるやす 昼休み	名 午休	類 やす 休み（休息）
⑦	しけん 試験	名 考試	類 テスト（test／考試）
⑧	レポート【report】	名・他サ 報告	
⑨	ぜんき 前期	名 初期，前期，上半期	對 こうき 後期（下半期）
⑩	こうき 後期	名 後期，下半期，後半期	對 ぜんき 前期（上半期）
⑪	そつぎょう 卒業	名・他サ 畢業	類 しゅうりょう 修了（學習完〈一定課程〉） 對 にゅうがく 入学（入學）
⑫	そつぎょうしき 卒業式	名 畢業典禮	類 そつぎょう 卒業（畢業）

答案
① にゅうがく
入学
② よしゅう
予習
③ け
消しゴム
④ こうぎ
講義
⑤ じてん
辞典
⑥ ひるやす
昼休み
⑦ しけん
試験
⑧ レポート

_____のとき、なにをくれますか。
入學的時候，你要送我什麼？

授業の前に_____をしたほうがいいです。
上課前預習一下比較好。

_____で消す。
用橡皮擦擦掉。

大学の先生に、法律について_____をしていただきました。
請大學老師幫我上法律。

_____をもらったので、英語を勉強しようと思う。
別人送我字典，所以我想認真學英文。

_____なのに、仕事をしなければなりませんでした。
午休卻得工作。

_____があるので、勉強します。
因為有考試，我要唸書。

_____にまとめる。
整理成報告。

_____の授業は今日で最後です。
今天是上半期課程的最後一天。

_____の試験はいつごろありますか。
請問下半期課程的考試大概在什麼時候？

いつか_____できるでしょう。
總有一天會畢業的。

_____で泣きましたか。
你在畢業典禮上有哭嗎？

3 學生生活（二） ● CD2-6

① 英会話 えいかい わ	名 英語會話	
② 初心者 しょしんしゃ	名 初學者	類 素人（外行人） しろうと 對 玄人（內行人） くろうと
③ 入門講座 にゅうもんこう ざ	名 入門課程，初級課程	
④ 簡単 かんたん	形動 簡單	類 単純（簡單） たんじゅん 對 複雑（複雜） ふくざつ
⑤ 答え こた	名 回答；答覆；答案	類 返事（回答） へん じ 對 問い（問題） と
⑥ 間違える ま ちが	他下一 錯；弄錯	
⑦ 点 てん	名 點；方面；（得）分	類 ポイント（point／點）
⑧ 落ちる お	自上一 落下；掉落；降 低，下降	類 落下（下降） らっ か
⑨ 復習 ふくしゅう	名・他サ 複習	類 勉強（唸書） べんきょう
⑩ 利用 り よう	名・他サ 利用	類 活用（活用） かつよう
⑪ 苛める いじ	他下一 欺負，虐待	類 虐待（虐待） ぎゃくたい
⑫ 眠たい ねむ	形 昏昏欲睡，睏倦	

答案　① 英会話　② 初心者　③ 入門講座　④ 簡単
　　　⑤ 答え　⑥ 間違えた　⑦ 点

_____に通い始めました。

我開始上英語會話的課程了。

このテキストは_____用です。

這本教科書適用於初學者。

ラジオのスペイン語_____を聞いています。

我正在收聽廣播上的西班牙語入門課程。

_____な問題なので、自分でできます。

因為問題很簡單，我自己可以處理。

テストの_____は、ああ書いておきました。

考試的答案，都已經寫在那裡了。

先生は、_____ところを直してくださいました。

老師幫我訂正了錯誤的地方。

その_____について、説明してあげよう。

關於那一點，我來為你說明吧！

何か、机から_____ましたよ。

有東西從桌上掉下來了喔！

授業の後で、_____をしなくてはいけませんか。

下課後一定得複習嗎？

図書館を_____したがらないのは、なぜですか。

你為什麼不想使用圖書館呢？

誰に_____の？

你被誰欺負了？

_____てあくびが出る。

想睡覺而打哈欠。

⑧ 落ち　　　　⑨ 復習　　　　⑩ 利用

⑪ いじめられた　　　⑫ 眠たく

105

Part 12

1 | 職業、事業

①	うけつけ 受付	名 詢問處；受理	類 まどぐち 窓口（窗口）
②	うんてんしゅ 運転手	名 司機	類 うんてん し 運転士（駕駛員）
③	かん ご し 看護師	名 看護師（女性俗稱 「看護婦」）	
④	けいかん 警官	名 警察；巡警	類 けいさつかん 警察官（警察官）
⑤	けいさつ 警察	名 警察；警察局	類 けい ぶ 警部（警部）
⑥	こうちょう 校長	名 校長	
⑦	こう む いん 公務員	名 公務員	類 やくにん 役人（官員）
⑧	は いしゃ 歯医者	名 牙醫	類 し か い 歯科医（牙醫）
⑨	アルバイト 【（德）arbeit】	名 打工，副業	類 ふくぎょう 副業（副業）
⑩	しんぶんしゃ 新聞社	名 報社	
⑪	こうぎょう 工業	名 工業	
⑫	じ きゅう 時給	名 時薪	類 じ かんきゅう 時間給（計時付酬）
⑬	み つ 見付ける	他下一 發現，找到；目睹	
⑭	さが さが 探す／捜す	他五 尋找，找尋	類 もと 求める（尋求）

106

⑤ けいさつ 警察
⑥ こうちょう 校長
⑪ こうぎょう 工業
⑦ こうむいん 公務員
⑩ しんぶんしゃ 新聞社
⑧ はいしゃ 歯医者
❶ うけつけ 受付
⑫ じきゅう 時給
⑨ アルバイト
❸ かんごし 看護師
❷ うんてんしゅ 運転手
⑬ みつける 見付ける
⑭ さがす さがす 探す／捜す
❹ けいかん 警官

CD2-7

1	うけつけ 受付	詢問處；受理
2	うんてんしゅ 運転手	司機
3	かんごし 看護師	看護師（女性俗稱「看護婦」）
4	けいかん 警官	警察；巡警
5	けいさつ 警察	警察；警察局
6	こうちょう 校長	校長
7	こうむいん 公務員	公務員
8	はいしゃ 歯医者	牙醫
9	アルバイト【（德）arbeit】	打工，副業
10	しんぶんしゃ 新聞社	報社
11	こうぎょう 工業	工業
12	じきゅう 時給	時薪
13	みつ 見付ける	發現，找到；目睹
14	さが さが 探す／捜す	尋找，找尋

答案
1 うけつけ
受付 　 2 うんてんしゅ
運転手 　 3 かんごし
看護師 　 4 けいかん
警官
5 けいさつ
警察 　 6 こうちょう
校長 　 7 こうむいん
公務員 　 8 はいしゃ
歯医者

_____に行きたいのですが、どちらのほうでしょうか。
我想去詢問處，請問在哪一邊？

タクシーの_____に、チップをあげた。
給了計程車司機小費。

私はもう30年も_____をしています。
我當看護師已長達30年了。

_____は、事故について話すように言いました。
警察要我說事故的發生經過。

_____に連絡することにしました。
決定向警察報案。

_____が、これから話をするところです。
校長正要開始說話。

_____になるのは、難しいようです。
要當公務員好像很難。

歯が痛いなら、_____に行けよ。
如果牙痛，就去看牙醫啊！

_____ばかりしていないで、勉強もしなさい。
別光打工，也要唸書啊！

右の建物は、_____でございます。
右邊的建築物是報社。

_____と商業と、どちらのほうが盛んですか。
工業與商業，哪一種比較興盛？

コンビニエンスストアでアルバイトすると、_____はいくらぐらいですか。
如果在便利商店打工的話，時薪大概多少錢呢？

どこでも、仕事を_____ことができませんでした。
到哪裡都找不到工作。

彼が財布をなくしたので、一緒に_____やりました。
他的錢包不見了，所以一起幫忙尋找。

9 アルバイト　　10 新聞社　　11 工業
12 時給　　13 見つける　　14 探して

2 ｜ 職場工作

CD2-8

① けいかく 計画	名・他サ 計劃	類 み こ 見込み（估計）
② よ てい 予定	名・他サ 預定	類 スケジュール （schedule／行程表）
③ と ちゅう 途中	名 半路上，中途；半途	類 ちゅう と 中途（中途）
④ か 掛ける	他下一 把動作加到某人身 上（如給人添麻煩）	
⑤ かた づ 片付ける	他下一 收拾，打掃；解決	類 せい り 整理（整理）
⑥ たず 訪ねる	他下一 拜訪，訪問	類 おとず 訪れる（訪問）
⑦ よう 用	名 事情；工作	類 よう じ 用事（事情）
⑧ よう じ 用事	名 事情；工作	類 ようけん 用件（應做的事）
⑨ りょうほう 両方	名 兩方，兩種	類 りょうしゃ 両者（兩者） 對 かたほう 片方（一邊）
⑩ つ ごう 都合	名 情況，方便度	類 かっ て 勝手（任意）
⑪ て つだ 手伝う	他五 幫忙	類 たす 助ける（幫助）
⑫ かい ぎ 会議	名 會議	類 かいだん 会談（面談）
⑬ ぎ じゅつ 技術	名 技術	類 わざ 技（技能）
⑭ う ば 売り場	名 賣場	

答案　① けいかく
計画　② よ てい
予定　③ と ちゅう
途 中　④ かけて　⑤ かた づ
片付け　⑥ たず
訪ねる　⑦ よう
用　⑧ よう じ
用事

私の＿＿＿＿＿をご説明いたしましょう。

我來說明一下我的計劃！

木村さんから自転車をいただく＿＿＿＿＿です。

我預定要接收木村的腳踏車。

＿＿＿＿＿で事故があったために、遅くなりました。

因路上發生事故，所以遲到了。

弟はいつもみんなに迷惑を＿＿＿＿＿いた。

弟弟老跟大家添麻煩。

教室を＿＿＿＿＿ようとしていたら、先生が来た。

正打算整理教室的時候，老師來了。

最近は、先生を＿＿＿＿＿ことが少なくなりました。

最近比較少去拜訪老師。

＿＿＿＿＿がなければ、来なくてもかまわない。

如果沒事，不來也沒關係。

＿＿＿＿＿があるなら、行かなくてもかまわない。

如果有事，不去也沒關係。

やっぱり＿＿＿＿＿買うことにしました。

我還是決定兩種都買。

＿＿＿＿＿がいいときに、来ていただきたいです。

時間方便的時候，希望能來一下。

いつでも、＿＿＿＿＿あげます。

我隨時都樂於幫你的忙。

＿＿＿＿＿はもう終わったの。

會議已經結束了嗎？

ますます＿＿＿＿＿が発展していくでしょう。

技術會愈來愈進步吧！

靴下＿＿＿＿＿は２階だそうだ。

聽說襪子的賣場在二樓。

---

9 両方　　　　10 都合　　　　11 手伝って
12 会議　　　　13 技術　　　　14 売り場

3 ｜職場生活　　⊙ CD2-9

①	オフ【off】	名（開關）關；休賽；休假；折扣	對 オン（on／<開關>開）
②	遅れる _{おく}	自下一 遅到；緩慢	類 遅刻（遲到） _{ち こく}
③	頑張る _{がん ば}	自五 努力，加油；堅持	類 粘る（堅持） _{ねば}
④	厳しい _{きび}	形 嚴格；嚴重	類 厳重（嚴重的） _{げんじゅう} 對 緩い（徐緩） _{ゆる}
⑤	慣れる _な	自下一 習慣	類 熟練（熟練） _{じゅくれん}
⑥	出来る _{で き}	自上一 完成；能夠	類 出来上がる（完成） _{で き あ}
⑦	叱る _{しか}	他五 責備，責罵	類 怒鳴る（大聲喊叫） _{ど な}
⑧	謝る _{あやま}	自五 道歉，謝罪	類 詫びる（道歉） _わ
⑨	辞める _や	他下一 停止；取消；離職	類 辞任（辭職） _{じ にん}
⑩	機会 _{き かい}	名 機會	類 チャンス（chance／時機）
⑪	一度 _{いち ど}	名 一次，一回	類 一回（一次） _{いっかい}
⑫	続く _{つづ}	自五 繼續；接連；跟著	類 繋がる（連接） _{つな} 對 絶える（斷絕） _た
⑬	続ける _{つづ}	他下一 持續，繼續；接著	類 続行（繼續進行） _{ぞっこう} 對 止める（停止） _や
⑭	夢 _{ゆめ}	名 夢	類 夢見（作夢） _{ゆめ み} 對 現実（現實） _{げんじつ}

答案　① オフ　② 遅れる　③ がんばれ　④ 厳しい　⑤ 慣れ　⑥ できる　⑦ しかっ　⑧ 謝ら

_____の日に、ゆっくり朝食^{ちょうしょく}をとるのが好きです。

休假的時候，我喜歡悠閒吃早點。

時間^{じかん}に_____な。

不要遲到。

父^{ちち}に、合格^{ごうかく}するまで_____と言^いわれた。

父親要我努力，直到考上為止。

新^{あたら}しい先生^{せんせい}は、_____かもしれない。

新老師也許會很嚴格。

毎朝^{まいあさ}5時^じに起^おきるということに、もう_____ました。

已經習慣每天早上五點起床了。

1週間^{しゅうかん}で_____はずだ。

一星期應該就可以完成的。

子^こどもをああ_____ては、かわいそうですよ。

把小孩罵成那樣，就太可憐了。

そんなに_____なくてもいいですよ。

不必道歉到那種地步。

こう考^{かんが}えると、会社^{かいしゃ}を_____ほうがいい。

這樣一想，還是離職比較好。

彼女^{かのじょ}に会^あえるいい_____だったのに、残念^{ざんねん}でしたね。

難得有這麼好的機會去見她，真是可惜啊。

_____あんなところに行^いってみたい。

想去一次那樣的地方。

雨^{あめ}は来週^{らいしゅう}も_____らしい。

雨好像會持續到下週。

一度^{いちど}始^{はじ}めたら、最後^{さいご}まで_____よ。

既然開始了，就要堅持到底喔。

彼^{かれ}は、まだ甘^{あま}い_____を見^みつづけている。

他還在做天真浪漫的美夢！

⑨ 辞^やめた ⑩ 機会^{きかい} ⑪ 一度^{いちど}

⑫ 続^{つづ}く ⑬ 続^{つづ}けろ ⑭ 夢^{ゆめ}

Part 12

⑮ パート【part】	名 打工；部分，篇，章；職責，（扮演的）角色；分得的一份
⑯ 手伝い	名 幫助；幫手；幫傭
⑰ 会議室	名 會議室
⑱ 部長	名 經理，部長
⑲ 課長	名 課長，股長
⑳ 進む	自五 進展
㉑ チェック【check】	名 檢查
㉒ 別	名・形動 別外，別的；區別
㉓ 迎える	他下一 迎接
㉔ 済む	自五 （事情）完結，結束；過得去，沒問題；（問題）解決，（事情）了結
㉕ 寝坊	名・形動・自サ 睡懶覺，貪睡晚起的人
㉖ やめる	他下一 停止
㉗ （お）金持ち	名 有錢人
㉘ 一般	名・形動 一般

答案 ⑮ パート ⑯ 手伝い ⑰ 会議室 ⑱ 部長
⑲ 課長 ⑳ 進む ㉑ チェック ㉒ 別

_____で働<ruby>働<rt>はたら</rt></ruby>く。
打零工。

_____を<ruby>頼<rt>たの</rt></ruby>む。
請求幫忙。

_____に<ruby>入<rt>はい</rt></ruby>る。
進入會議室。

_____になる。
成為部長。

_____になる。
成為課長。

<ruby>仕事<rt>し ごと</rt></ruby>が_____。
工作進展下去。

_____が<ruby>厳<rt>きび</rt></ruby>しい。
檢驗嚴格。

_____の<ruby>機会<rt>き かい</rt></ruby>。
別的機會。

<ruby>客<rt>きゃく</rt></ruby>を_____。
迎接客人。

<ruby>用事<rt>よう じ</rt></ruby>が_____。
辦完事了。

_____して<ruby>会社<rt>かいしゃ</rt></ruby>に<ruby>遅<rt>おく</rt></ruby>れた。
睡過頭，上班遲到。

たばこを_____。
戒煙。

_____になる。
變成有錢人。

_____の<ruby>大衆<rt>たいしゅう</rt></ruby>。
一般的大眾。

---

23 <ruby>迎<rt>むか</rt></ruby>える   24 <ruby>済<rt>す</rt></ruby>んだ   25 <ruby>寝坊<rt>ね ぼう</rt></ruby>   26 やめる

27 お<ruby>金持<rt>かね も</rt></ruby>ち   28 <ruby>一般<rt>いっぱん</rt></ruby>

4 ｜ 電腦相關（一）

CD2-10

①	ノートパソコン【notebook personal computer之略】	名 筆記型電腦	
②	デスクトップ（パソコン）【desktop personal computer 之略】	名 桌上型電腦	類 コンピューター（computer／電腦）
③	キーボード【keyboard】	名 鍵盤；電腦鍵盤；電子琴	
④	マウス【mouse】	名 老鼠；滑鼠	
⑤	スタートボタン【start button】	名（微軟作業系統的）開機鈕	
⑥	クリック・する【click】	名・他サ 喀嚓聲；按下（按鍵）	
⑦	入力<ruby>にゅうりょく</ruby>・する	名・他サ 輸入（功率）；輸入數據	對 出力<ruby>しゅつりょく</ruby>（輸出）
⑧	（インター）ネット【internet】	名 網際網路	
⑨	ホームページ【homepage】	名 網站首頁；網頁（總稱）	
⑩	ブログ【blog】	名 部落格	類 ウェブログ（weblog／網路部落格）
⑪	インストール・する【install】	名・他サ 安裝（電腦軟體）	類 据えつける（安裝）
⑫	受信<ruby>じゅしん</ruby>	名・他サ（郵件、電報等）接收：收聽	對 発信<ruby>はっしん</ruby>（發信）
⑬	新規作成<ruby>しんきさくせい</ruby>・する	名・他サ 新作，從頭做起；（電腦檔案）開新檔案	
⑭	登録<ruby>とうろく</ruby>・する	名・他サ 登記；（法）登記，註冊；記錄	類 記録<ruby>きろく</ruby>（紀錄）

答案 ① ノートパソコン ② デスクトップ ③ キーボード ④ マウス
⑤ スタートボタン ⑥ クリックして ⑦ 入力<ruby>にゅうりょく</ruby>する ⑧ ネット

小さい＿＿＿＿＿を買いたいです。

我想要買小的筆記型電腦。

会社では＿＿＿＿＿を使っています。

在公司的話，我是使用桌上型電腦。

この＿＿＿＿＿は私が使っているものと並び方が違います。

這個鍵盤跟我正在用的鍵盤，按鍵的排列方式不同。

＿＿＿＿＿の使い方が分かりません。

我不知道滑鼠的使用方法。

＿＿＿＿＿を押してください。

請按下開機鈕。

ここを二回＿＿＿＿＿ください。

請在這裡點兩下。

ひらがなで＿＿＿＿＿ことができますか。

請問可以用平假名輸入嗎？

そのホテルは＿＿＿＿＿が使えますか。

那家旅館可以連接網路嗎？

新しい情報は＿＿＿＿＿に載せています。

最新資訊刊登在網站首頁上。

去年から＿＿＿＿＿をしています。

我從去年開始寫部落格。

新しいソフトを＿＿＿＿＿たいです。

我想要安裝新的電腦軟體。

メールが＿＿＿＿＿できません。

沒有辦法接收郵件。

この場合は、＿＿＿＿＿ないといけません。

在這種情況之下，必須要開新檔案。

伊藤さんのメールアドレスをアドレス帳に＿＿＿＿＿ください。

請將伊藤先生的電子郵件地址儲存到地址簿裡。

⑨ ホームページ　⑩ ブログ　⑪ インストールし
⑫ 受信　⑬ 新規作成し　⑭ 登録して

5 電腦相關（二）

①	メール【mail】	名 郵政，郵件；郵船，郵車	類 電子メール（mail／電子郵件）
②	（メール）アドレス【mail address】	名 電子信箱地址，電子郵件地址	類 eメールアドレス（email address／電郵地址）
③	アドレス【address】	名 住址，地址；（電子信箱）地址	類 メールアドレス（mail address／電郵地址）
④	宛先（あてさき）	名 收件人姓名地址，送件地址	
⑤	件名（けんめい）	名 項目名稱；類別；（電腦）郵件主旨	
⑥	挿入（そうにゅう）・する	名・他サ 挿入，裝入	類 挟（はさ）む（夾）
⑦	差出人（さしだしにん）	名 發信人，寄件人	類 発送者（はっそうしゃ）（寄件人）
⑧	添付（てんぷ）・する	名・他サ 添上，附上；（電子郵件）附加檔案	類 付（つ）け添（そ）える（添加）
⑨	送信（そうしん）・する	名・自サ （電）發報，播送，發射；發送（電子郵件）	對 受信（じゅしん）（接收）
⑩	転送（てんそう）・する	名・他サ 轉送，轉寄，轉遞	
⑪	キャンセル・する【cancel】	名・他サ 取消，作廢；廢除	類 取（と）り消（け）す（取消）
⑫	ファイル【file】	名 文件夾；合訂本，卷宗；（電腦）檔案	
⑬	保存（ほぞん）・する	名・他サ 保存；儲存（電腦檔案）	類 保（たも）つ（保持）
⑭	返信（へんしん）・する	名・自サ 回信，回電	類 返書（へんしょ）（回信） 對 往信（おうしん）（去信）

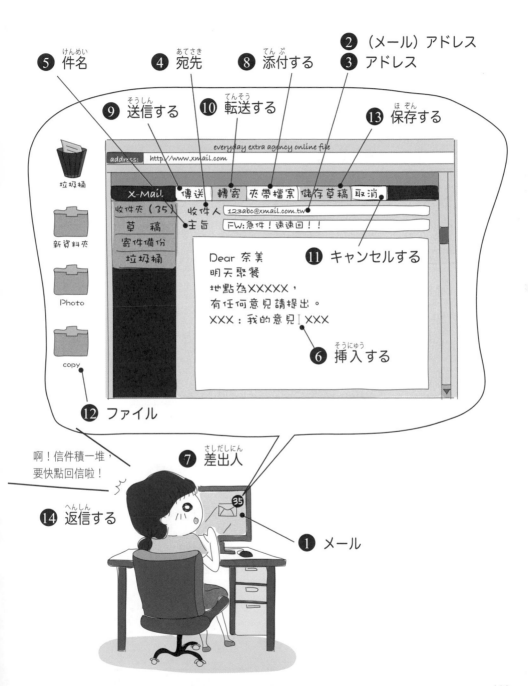

5 件名（けんめい）

4 宛先（あてさき）

8 添付する（てんぷ）

2 （メール）アドレス

3 アドレス

9 送信する（そうしん）

10 転送する（てんそう）

13 保存する（ほぞん）

11 キャンセルする

6 挿入する（そうにゅう）

12 ファイル

啊！信件積一堆，要快點回信啦！

7 差出人（さしだしにん）

14 返信する（へんしん）

1 メール

Part 12

1	メール【mail】	郵政，郵件；郵船，郵車
2	（メール）アドレス【mail address】	電子信箱地址，電子郵件地址
3	アドレス【address】	住址，地址；（電子信箱）地址
4	宛先 あてさき	收件人姓名地址，送件地址
5	件名 けんめい	項目名稱；類別；（電腦）郵件主旨
6	挿入・する そうにゅう	插入，裝入
7	差出人 さしだしにん	發信人，寄件人
8	添付・する てんぷ	添上，附上，（電子郵件）附加檔案
9	送信・する そうしん	（電）發報，播送，發射；發送（電子郵件）
10	転送・する てんそう	轉送，轉寄，轉遞
11	キャンセル・する【cancel】	取消，作廢；廢除
12	ファイル【file】	文件夾；合訂本，卷宗；（電腦）檔案
13	保存・する ほぞん	保存；儲存（電腦檔案）
14	返信・する へんしん	回信，回電

答案　❶ メール　❷ メールアドレス　❸ アドレス　❹ 宛先
あてさき
❺ 件名
けんめい　❻ 挿入 して
そうにゅう　❼ 差出人
さしだしにん　❽ 添付し
てんぷ

会議の場所と時間は、＿＿＿＿＿でお知らせします。

将用電子郵件通知會議的地點與時間。

この＿＿＿＿＿に送っていただけますか。

可以請您傳送到這個電子信箱地址嗎？

その＿＿＿＿＿はあまり使いません。

我不常使用那個郵件地址。

名刺に書いてある＿＿＿＿＿に送ってください。

請寄到名片上所寫的送件地址。

＿＿＿＿＿を必ず入れてくださいね。

請務必要輸入信件主旨喔。

二行目に、この一文を＿＿＿＿＿ください。

請在第二行，插入這段文字。

＿＿＿＿＿はだれですか。

寄件人是哪一位？

写真を＿＿＿＿＿ます。

我附上照片。

すぐに＿＿＿＿＿ますね。

我馬上把郵件傳送出去喔。

部長にメールを＿＿＿＿＿ました。

把郵件轉寄給部長了。

そのメールアドレスはもう＿＿＿＿＿ました。

這個郵件地址已經作廢了。

昨日、作成した＿＿＿＿＿が見つかりません。

我找不到昨天已經做好的檔案。

別の名前で＿＿＿＿＿方がいいですよ。

用別的檔名來儲存會比較好喔。

私の代わりに、＿＿＿＿＿おいてください。

請代替我回信。

⑨ 送信し　　⑩ 転送し　　⑪ キャンセルし
⑫ ファイル　　⑬ 保存した　　⑭ 返信して

CD2-11

⑮	コンピューター【computer】	名 電腦
⑯	スクリーン【screen】	名 螢幕
⑰	パソコン【personal computer】之略	名 個人電腦
⑱	ワープロ【word processor】之略	名 文字處理機

答案　⑮ コンピューター　　　⑯ スクリーン

_____を使う。
使用電腦。

_____の前に立つ。
出現在銀幕上。

_____を活用する。
活用電腦。

_____を打つ。
打文字處理機。

17 パソコン　　　　18 ワープロ

Part 13

1 經濟與交易

① けいざい 経済	名 經濟	類 きんゆう 金融（金融）
② ぼうえき 貿易	名 貿易	類 つうしょう 通商（通商）
③ さか 盛ん	形動 繁盛，興盛	類 せいだい 盛大（盛大）
④ ゆしゅつ 輸出	名・他サ 出口	類 ぼうえき 貿易（貿易）
⑤ しなもの 品物	名 物品，東西；貨品	類 しょうひん 商品（商品）
⑥ とくばいひん 特売品	名 特賣商品，特價商品	
⑦ バーゲン 【bargain sale 之略】	名 特價商品，出清商品；特賣	類 とくばい 特売（特賣）
⑧ ね だん 値段	名 價錢	類 か かく 価格（價格）
⑨ さ 下げる	他下一 降低，向下；掛；收走	類 ね び 値引き（降價） 對 あ 上げる（舉起）
⑩ あ 上がる	自五 上昇，昇高	類 じょうしょう 上昇（上升） 對 さ 下がる（下降）
⑪ く 呉れる	他下一 給我	類 あた 与える（給予）
⑫ もら 貰う	他五 收到，拿到	類 う 受ける（接受） 對 や 遣る（給予）
⑬ や 遣る	他五 給，給予	類 あた 与える（給予）
⑭ ちゅうし 中止	名・他サ 中止	

日本の＿＿＿＿＿について、ちょっとお聞きします。

有關日本經濟，想請教你一下。

＿＿＿＿＿の仕事は、おもしろいはずだ。

貿易工作應該很有趣的！

この町は、工業も＿＿＿＿＿だし商業も盛んだ。

這小鎮工業跟商業都很興盛。

自動車の＿＿＿＿＿をしたことがありますか。

曾經出口汽車嗎？

あのお店の＿＿＿＿＿は、とてもいい。

那家店的貨品非常好。

お店の入り口近くにおいてある商品は、だいたい＿＿＿＿＿ですよ。

放置在店門口附近的商品，大概都會是特價商品。

夏の＿＿＿＿＿は来週から始まります。

夏季特賣將會在下週展開。

こちらは＿＿＿＿＿が高いので、そちらにします。

這個價錢較高，我決定買那個。

飲み終わったら、コップを＿＿＿＿＿ます。

喝完了，杯子就會收走。

野菜の値段が＿＿＿＿＿ようだ。

青菜的價格好像要上漲了。

そのお金を私に＿＿＿＿＿。

那筆錢給我。

私は、＿＿＿＿＿なくてもいいです。

不用給我也沒關係。

動物にえさを＿＿＿＿＿ちゃだめです。

不可以給動物餵食。

交渉＿＿＿＿＿。

停止交涉。

---

⑧ 値段　　⑨ 下げ　　⑩ 上がる　　⑪ くれ

⑫ もらわ　　⑬ やっ　　⑭ 中止

2 ｜ 金融

CD2-13

①	通帳記入 （つうちょう き にゅう）	名 補登録存摺	
②	暗証番号 （あんしょうばんごう）	名 密碼	類 パスワード （password／密碼）
③	（キャッシュ）カード 【cash card】	名 金融卡，提款卡	
④	（クレジット）カード 【credit card】	名 信用卡	
⑤	公共料金 （こうきょうりょうきん）	名 公共費用	
⑥	仕送り・する （し おく）	名・自他サ 匯寄生活費或學費	
⑦	請求書 （せいきゅうしょ）	名 帳單，繳費單	
⑧	億 （おく）	名 億	
⑨	払う （はら）	他五 付錢；除去	類 支出（開支） 對 収入（収入）
⑩	お釣り （つ）	名 找零	
⑪	生産 （せいさん）	名・他サ 生産	
⑫	産業 （さんぎょう）	名 産業	
⑬	割合 （わりあい）	名 比，比例	

答案　① 通帳記入（つうちょう き にゅう）　② 暗証番号（あんしょうばんごう）　③ キャッシュカード
④ クレジットカード　⑤ 公共料金（こうきょうりょうきん）　⑥ 仕送りして（し おく）

ここに通帳を入れると、_____できます。

只要把存摺從這裡放進去，就可以補登錄存摺了。

_____は定期的に変えた方がいいですよ。

密碼要定期更改比較好喔。

_____を忘れてきました。

我忘記把金融卡帶來了。

初めて_____を作りました。

我第一次辦信用卡。

_____は、銀行の自動引き落としにしています。

公共費用是由銀行自動轉帳來繳納的。

東京にいる息子に毎月_____います。

我每個月都寄錢給在東京的兒子。

クレジットカードの_____が届きました。

收到了信用卡的繳費帳單。

家を建てるのに、3_____円も使いました。

蓋房子竟用掉了3億日圓。

来週までに、お金を_____なくてはいけない。

下星期前得付款。

_____を下さい。

請找我錢。

_____を高める。

提高生產。

通信_____。

電信產業。

_____が増える。

比率增加。

⑦ 請求書　　　⑧ 億　　　⑨ 払わ　　　⑩ お釣り
⑪ 生産　　　⑫ 産業　　　⑬ 割合

3 政治、法律

🔘 CD2-14

①	こくさい 国際	名 國際	
②	せい じ 政治	名 政治	類 ぎょうせい 行政（行政）
③	えら 選ぶ	他五（「えらび」為ます形），加句型「お〜ください」表下對上的請求）	類 せんたく 選択（選擇）
④	しゅっせき 出席	名・自サ 出席	類 かお だ 顔出し（露面） 對 欠席（缺席）
⑤	せんそう 戦争	名・自サ 戦爭	類 たたか 戦い（戰鬥）
⑥	き そく 規則	名 規則，規定	類 ルール（rule／規則）
⑦	ほうりつ 法律	名 法律	類 ほうれい 法令（法令）
⑧	やくそく 約束	名・他サ 約定，規定	類 やく 約する（約定）
⑨	き 決める	他下一 決定；規定；認定	類 けってい 決定（決定）
⑩	た 立てる	他下一 立起，訂立	類 りつあん 立案（制訂方案）
⑪	あさ 浅い	形 淺的	
⑫	ひと もう一つ	連語 更；再一個	

答案 ① こくさい
国際 　② せい じ
政治 　③ えら
選び 　④ しゅっせき
出席
⑤ せんそう
戦争 　⑥ き そく
規則 　⑦ ほうりつ
法律

彼女はきっと＿＿＿＿＿＿的な仕事をするだろう。
她一定會從事國際性的工作吧！

＿＿＿＿＿＿の難しさについて話しました。
談及了政治的難處。

好きなのをお＿＿＿＿＿＿ください。
請選您喜歡的。

そのパーティーに＿＿＿＿＿＿することは難しい。
要出席那個派對是很困難的。

いつの時代でも、＿＿＿＿＿＿はなくならない。
不管是哪個時代，戰爭都不會消失的。

＿＿＿＿＿＿を守りなさい。
你要遵守規定。

＿＿＿＿＿＿は、ぜったい守らなくてはいけません。
一定要遵守法律。

ああ＿＿＿＿＿＿したから、行かなければならない。
已經那樣約定好，所以非去不可。

予定をこう＿＿＿＿＿＿ました。
行程就這樣決定了。

自分で勉強の計画を＿＿＿＿＿＿ことになっています。
要我自己訂定讀書計畫。

見識が＿＿＿＿＿＿。
見識淺。

迫力が＿＿＿＿＿＿だ。
再更有魄力一點。

8 約束　　　9 決め　　　10 立てる
11 浅い　　　12 もう一つ

129

4 ｜犯罪

①	痴漢 _{ち かん}	名 色情狂	
②	ストーカー 【stalker】	名 跟蹤狂	類 忍び寄る者 _{しの よ もの} （尾隨者）
③	すり	名 扒手	類 泥棒（小偷） _{どろぼう}
④	泥棒 _{どろ ぼう}	名 偷竊；小偷，竊賊	類 賊（賊） _{ぞく}
⑤	無くす _な	他五 弄丟，搞丟	類 失う（丟失） _{うしな}
⑥	落とす _お	他五 掉下；弄掉	類 失う（失去） _{うしな} 對 拾う（撿拾） _{ひろ}
⑦	盗む _{ぬす}	他五 偷盜，盜竊	類 横取り（搶奪） _{よこ ど}
⑧	壊す _{こわ}	他五 弄碎；破壞	類 潰す（弄碎） _{つぶ}
⑨	逃げる _に	自下一 逃走，逃跑	類 逃走（逃走） _{とうそう} 對 追う（追趕） _お
⑩	捕まえる _{つか}	他下一 逮捕，抓；握住	類 捕らえる（逮捕） _と
⑪	見付かる _{み つ}	自五 發現了；找到	
⑫	火事 _{か じ}	名 火災	類 火災（火災） _{か さい}
⑬	危険 _{き けん}	名・形動 危險	類 危ない（危險的） _{あぶ}
⑭	安全 _{あん ぜん}	名・形動 安全	類 無事（平安無事） _{ぶ じ}

Part 13

1	痴漢 (ちかん)	色情狂
2	ストーカー【stalker】	跟蹤狂
3	すり	扒手
4	泥棒 (どろぼう)	偷竊；小偷，竊賊
5	無くす (なくす)	弄丟，搞丟
6	落とす (おとす)	掉下；弄掉
7	盗む (ぬすむ)	偷盜，盜竊
8	壊す (こわす)	弄碎；破壞
9	逃げる (にげる)	逃走，逃跑
10	捕まえる (つかまえる)	逮捕，抓；握住
11	見付かる (みつかる)	發現了；找到
12	火事 (かじ)	火災
13	危険 (きけん)	危險
14	安全 (あんぜん)	安全

答案　1 ちかん　2 ストーカー　3 すり　4 泥棒（どろぼう）
5 なくした　6 落とし（おとし）　7 盗まれ（ぬすまれ）　8 壊して（こわして）

電車で＿＿＿＿＿を見ました。

我在電車上看到了色情狂。

＿＿＿＿＿に遭ったことがありますか。

你有被跟蹤狂騷擾的經驗嗎？

＿＿＿＿＿に財布を盗まれたようです。

錢包好像被扒手扒走了。

＿＿＿＿＿を怖がって、鍵をたくさんつけた。

因害怕遭小偷，所以上了許多道鎖。

財布を＿＿＿＿＿ので、本が買えません。

錢包弄丟了，所以無法買書。

＿＿＿＿＿たら割れますから、気をつけて。

掉下就破了，小心點！

お金を＿＿＿＿＿ました。

我的錢被偷了。

コップを＿＿＿＿＿しまいました。

摔破杯子了。

警官が来たぞ。＿＿＿＿＿。

警察來了，快逃！

彼が泥棒ならば、＿＿＿＿＿なければならない。

如果他是小偷，就非逮捕不可。

財布は＿＿＿＿＿かい？

錢包找到了嗎？

空が真っ赤になって、まるで＿＿＿＿＿のようだ。

天空一片紅，宛如火災一般。

彼は＿＿＿＿＿なところに行こうとしている。

他打算要去危險的地方。

＿＿＿＿＿な使いかたをしなければなりません。

使用時必須注意安全。

9 逃げろ　　　　10 捕まえ　　　　11 見つかった
12 火事　　　　13 危険　　　　14 安全

Part 14

數量、次數、形狀與大小 ◯ CD2-16

①	以下 （い か）	名・接尾 以下，不到～	類 以內 （以內） 對 以上 （以上）
②	以內 （い ない）	名・接尾 不超過～；以內	類 以下 （以下） 對 以上 （以上）
③	以上 （い じょう）	名・接尾 ～以上	類 より上 （比～多） 對 以下 （以下）
④	過ぎる （す）	自上一 超過；過於；經過	類 過度 （過度）
⑤	足す （た）	他五 補足，增加	
⑥	足りる （た）	自上一 足夠；可湊合	類 加える （加上） 對 除く （除外）
⑦	多い （おお）	形 多的	類 沢山 （很多） 對 少ない （少）
⑧	少ない （すく）	形 少	類 少し （少量） 對 多い （多）
⑨	増える （ふ）	自下一 增加	類 増す （增加） 對 減る （減少）
⑩	形 （かたち）	名 形狀；形，樣子	類 輪廓 （輪廓）
⑪	大きな （おお）	準連體 大，大的	對 小さな （小的）
⑫	小さな （ちい）	連體 小，小的；年齡幼小	對 大きな （大的）
⑬	緑 （みどり）	名 綠色	類 グリーン （green／綠色）
⑭	深い （ふか）	形 深	類 奥深い （深邃） 對 浅い （淺）

答案　① 以下 （い か）　② 以內 （い ない）　③ 以上 （い じょう）　④ 過ぎた （す）
　　　⑤ 足して （た）　⑥ 足りる （た）　⑦ 多い （おお）　⑧ 少ない （すく）

あの女性は、30歳＿＿＿＿＿の感じがする。

那位女性，感覺不到30歳。

１万円＿＿＿＿＿なら、買うことができます。

如果不超過一萬日圓，就可以買。

100人＿＿＿＿＿のパーティーと二人で遊びに行くのと、どちらのほうが好きですか。

你喜歡參加百人以上的派對，還是兩人單獨出去玩？

５時を＿＿＿＿＿ので、もう家に帰ります。

已經超過五點了，我要回家了。

数字を＿＿＿＿＿いくと、全部で100になる。

數字加起來，總共是一百。

１万円あれば、＿＿＿＿＿はずだ。

如果有一萬日圓，應該是夠的。

友だちは、＿＿＿＿＿ほうがいいです。

多一點朋友比較好。

本当に面白い映画は、＿＿＿＿＿のだ。

有趣的電影真的很少！

結婚しない人が＿＿＿＿＿だした。

不結婚的人變多了。

どんな＿＿＿＿＿の部屋にするか、考えているところです。

我正在想要把房間弄成什麼樣子。

こんな＿＿＿＿＿木は見たことがない。

沒看過這麼大的樹木。

あの人は、いつも＿＿＿＿＿プレゼントをくださる。

那個人常送我小禮物。

今、町を＿＿＿＿＿でいっぱいにしているところです。

現在鎮上正是綠意盎然的時候。

このプールは＿＿＿＿＿すぎて、危ない。

這個游泳池太過深了，很危險！

9 増え　　　　10 形　　　　11 大きな
12 小さな　　　13 緑　　　　14 深

Part 15

1 心理及感情

1	こころ 心	名 內心；心情	類 思い（思想）
2	き 気	名 氣息；心思；意識	類 気持ち（感受）
3	き ぶん 気分	名 情緒；身體狀況；氣氛	類 機嫌（心情）
4	き も 気持ち	名 心情；（身體）狀態	類 感情（感情）
5	あんしん 安心	名・自サ 安心	類 大丈夫（可靠） 對 心配（擔心）
6	すご 凄い	形 厲害，很棒；非常	類 激しい（激烈）
7	す ばら 素晴しい	形 出色，很好	類 立派（了不起）
8	こわ 怖い	形 可怕，害怕	類 恐ろしい（可怕）
9	じゃ ま 邪魔	名・形動・他サ 妨礙，阻擾	類 差し支え（妨礙）
10	しんぱい 心配	名・自サ 擔心；照顧	類 不安（不放心） 對 安心（安心）
11	は 恥ずかしい	形 丟臉，害羞；難為情	類 面目ない（沒面子）
12	ふくざつ 複雑	名・形動 複雜	類 ややこしい（複雜） 對 簡単（簡單）
13	も 持てる	自下一 能拿，能保持； 受歡迎，吃香	類 人気（人望）
14	ラブラブ 【lovelove】	形動 （情侶，愛人等） 甜蜜、如膠似漆	

答案　1 こころ
心　　2 き
気　　3 き ぶん
気分　　4 き も
気持ち
5 あんしん
安心　　6 すごい　　7 すばらしい　　8 こわ
怖く

彼の＿＿＿＿＿の優しさに、感動しました。

他善良的心地，叫人很感動。

たぶん＿＿＿＿＿がつくだろう。

應該會發現吧！

＿＿＿＿＿が悪くても、会社を休みません。

即使身體不舒服，也不請假。

暗い＿＿＿＿＿のまま帰ってきた。

心情鬱悶地回來了。

大丈夫だから、＿＿＿＿＿しなさい。

沒事的，放心好了。

上手に英語が話せるようになったら、＿＿＿＿＿なあ。

如果英文能講得好，應該很棒吧！

＿＿＿＿＿映画ですから、見てみてください。

因為是很棒的電影，不妨看看。

どんなに＿＿＿＿＿ても、ぜったい泣かない。

不管怎麼害怕，也絕不哭。

ここにこう座っていたら、＿＿＿＿＿ですか。

像這樣坐在這裡，會妨礙到你嗎？

息子が帰ってこないので、父親は＿＿＿＿＿しはじめた。

由於兒子沒回來，父親開始擔心起來了。

失敗しても、＿＿＿＿＿と思うな。

即使失敗了也不用覺得丟臉。

日本語と英語と、どちらのほうが＿＿＿＿＿だと思いますか。

日語和英語，你覺得哪個比較複雜？

大学生の時が一番＿＿＿＿＿ました。

大學時期是最受歡迎的時候。

付き合いはじめたばかりですから、＿＿＿＿＿です。

因為才剛開始交往，兩個人如膠似漆。

9 じゃま　　　10 心配　　　11 恥ずかしい
12 複雑　　　13 もて　　　14 ラブラブ

137

2 ｜喜怒哀樂

①	<ruby>嬉<rt>うれ</rt></ruby>しい	形 高興，喜悅	類 <ruby>喜<rt>よろこ</rt></ruby>ばしい（喜悅） 對 <ruby>悲<rt>かな</rt></ruby>しい（悲傷）
②	<ruby>楽<rt>たの</rt></ruby>しみ	名 期待，快樂	類 <ruby>快楽<rt>かいらく</rt></ruby>（快樂） 對 <ruby>苦<rt>くる</rt></ruby>しみ（苦痛）
③	<ruby>喜<rt>よろこ</rt></ruby>ぶ	自五 高興	類 <ruby>大喜<rt>おおよろこ</rt></ruby>び（非常歡喜）
④	<ruby>笑<rt>わら</rt></ruby>う	自五 笑；譏笑	類 <ruby>嘲<rt>あざけ</rt></ruby>る（嘲笑） 對 <ruby>泣<rt>な</rt></ruby>く（哭泣）
⑤	ユーモア【humor】	名 幽默，滑稽，詼諧	類 <ruby>面白<rt>おもしろ</rt></ruby>み（趣味）
⑥	<ruby>煩<rt>うるさ</rt></ruby>い	形 吵鬧；囉唆	類 <ruby>騒<rt>さわ</rt></ruby>がしい（吵鬧）
⑦	<ruby>怒<rt>おこ</rt></ruby>る	自五 生氣；斥責	類 <ruby>腹立<rt>はらだ</rt></ruby>つ（生氣）
⑧	<ruby>驚<rt>おどろ</rt></ruby>く	自五 吃驚，驚奇	類 <ruby>仰天<rt>ぎょうてん</rt></ruby>（大吃一驚）
⑨	<ruby>悲<rt>かな</rt></ruby>しい	形 悲傷，悲哀	類 <ruby>哀<rt>あわ</rt></ruby>れ（悲哀） 對 <ruby>嬉<rt>うれ</rt></ruby>しい（高興）
⑩	<ruby>寂<rt>さび</rt></ruby>しい	形 孤單；寂寞	類 <ruby>侘<rt>わび</rt></ruby>しい（寂寞） 對 <ruby>賑<rt>にぎ</rt></ruby>やか（熱鬧）
⑪	<ruby>残念<rt>ざんねん</rt></ruby>	形動 遺憾，可惜	類 <ruby>悔<rt>くや</rt></ruby>しい（後悔）
⑫	<ruby>泣<rt>な</rt></ruby>く	自五 哭泣	類 <ruby>号泣<rt>ごうきゅう</rt></ruby>（大哭）
⑬	びっくり	副・自サ 驚嚇，吃驚	類 <ruby>驚<rt>おどろ</rt></ruby>く（驚嚇）

⑩ 寂^{さび}しい
⑥ 煩^{うるさ}い
① 嬉^{うれ}しい
② 楽^{たの}しみ
⑬ びっくり
⑦ 怒^{おこ}る
⑧ 驚^{おどろ}く
③ 喜^{よろこ}ぶ
⑪ 残念^{ざんねん}
⑨ 悲^{かな}しい
⑤ ユーモア
④ 笑^{わら}う
⑫ 泣^なく

CD2-18

1	うれ 嬉しい	高興，喜悅
2	たの 楽しみ	期待，快樂
3	よろこ 喜ぶ	高興
4	わら 笑う	笑；譏笑
5	ユーモア【humor】	幽默，滑稽，詼諧
6	うるさ 煩い	吵鬧；囉唆
7	おこ 怒る	生氣；斥責
8	おどろ 驚く	吃驚，驚奇
9	かな 悲しい	悲傷，悲哀
10	さび 寂しい	孤單；寂寞
11	ざんねん 残念	遺憾，可惜
12	な 泣く	哭泣
13	びっくり	驚嚇，吃驚

答案　① うれ
嬉しい　② たの
楽しみ　③ よろこ
喜び　④ わら
笑われ
　　　⑤ ユーモア　⑥ うるさい　⑦ おこ
怒られた

誰でも、ほめられれば_____。

不管是誰，只要被誇都會很高興的。

みんなに会えるのを_____にしています。

我很期待與大家見面！

弟と遊んでやったら、とても_____ました。

我陪弟弟玩，結果他非常高興。

失敗して、みんなに_____ました。

因失敗而被大家譏笑。

_____のある人が好きです。

我喜歡有幽默感的人。

_____なあ。静かにしろ。

很吵耶，安靜一點！

母に_____。

被媽媽罵了一頓！

彼にはいつも、_____。

我總是被他嚇到。

失敗してしまって、_____です。

失敗了，真是傷心。

_____ので、遊びに来てください。

因為我很寂寞，過來坐坐吧！

あなたが来ないので、みんな_____がっています。

因為你沒來，大家都感到很遺憾。

彼女は、「とても悲しいです。」と言って_____。

她說：「真是難過啊」，便哭了起來。

_____させないでください。

請不要嚇我。

⑧ 驚かされる　　　⑨ 悲しい　　　⑩ 寂しい
⑪ 残念　　　⑫ 泣いた　　　⑬ びっくり

3 傳達、通知與報導　CD2-19

1 でんぽう 電報	**名** 電報	**類** でんしん 電信（電信）
2 とど 届ける	**他下一** 送達；送交	**類** そう ふ 送付（交付）
3 おく 送る	**他五** 寄送；送行	**類** とど 届ける（送達）
4 し 知らせる	**他下一** 通知，讓對方知道	**類** つた 伝える（傳達）
5 つた 伝える	**他下一** 傳達，轉告；傳導	**類** し 知らせる（通知）
6 れんらく 連絡	**名・自他サ** 聯繫，聯絡	**類** つう ち 通知（通知）
7 たず 尋ねる	**他下一** 問，打聽；詢問	**類** き 聞く（問）
8 しら 調べる	**他下一** 查閱，調查	**類** ちょう さ 調査（調查）
9 へん じ 返事	**名・自サ** 回答，回覆	**類** かいとう 回答（回答）
10 てん き よ ほう 天気予報	**名** 天氣預報	**類** てん き お天気（天氣）
11 ほうそう 放送	**名・他サ** 播映，播放	**類** ゆうせんほうそう 有線放送（有線播放）

答案	**1** でんぽう 電報	**2** とど 届けて	**3** おく 送って	**4** し 知らせ
	5 つた 伝えて	**6** れんらく 連絡せ	**7** たず 尋ねた	

私が結婚したとき、彼はお祝いの＿＿＿＿＿をくれた。

我結婚的時候，他打了電報祝福我。

忘れ物を＿＿＿＿＿くださって、ありがとう。

謝謝您幫我把遺失物送回來。

東京にいる息子に、お金を＿＿＿＿＿やりました。

寄錢給在東京的兒子了。

このニュースを彼に＿＿＿＿＿てはいけない。

這個消息不可以讓他知道。

私が忙しいということを、彼に＿＿＿＿＿ください。

請轉告他我很忙。

＿＿＿＿＿ずに、仕事を休みました。

沒有聯絡就請假了。

彼に＿＿＿＿＿けれど、わからなかったのです。

去請教過他了，但他不知道。

秘書に＿＿＿＿＿ます。

我讓秘書去調查。

早く、＿＿＿＿＿よ。

快點回覆我啦。

＿＿＿＿＿ではああ言っているが、信用できない。

雖然天氣預報那樣說，但不能相信。

英語の番組が＿＿＿＿＿されることがありますか。

有時會播放英語節目嗎？

8 調べさせ　　　9 返事しろ　　　10 天気予報
11 放送

143

4 | 思考與判斷 🔘 CD2-20

1	思い出す （おも だ）	他五 想起來，回想	類 回想（回憶） （かいそう）
2	思う （おも）	自五 覺得，感覺	類 考える（認為） （かんが）
3	考える （かんが）	他下一 想，思考；考慮；認為	類 思う（覺得） （おも）
4	はず	形式名詞 應該；會；確實	類 訳（原因） （わけ）
5	意見 （い けん）	名 意見；勸告	類 考え（想法） （かんが）
6	仕方 （し かた）	名 方法，做法	類 方法（方法） （ほうほう）
7	まま	名 如實，照舊，～就～；隨意	類 ように（像～一樣）
8	比べる （くら）	他下一 比較	類 比較（比較） （ひ かく）
9	場合 （ば あい）	名 時候；狀況，情形	類 時（～的時候） （とき）
10	変 （へん）	形動 奇怪，怪異；意外	類 妙（奇妙） （みょう）
11	特別 （とくべつ）	名・形動 特別，特殊	類 格別（特別） （かくべつ） 對 一般（普通） （いっぱん）
12	大事 （だい じ）	名・形動 保重，重要（「大事さ」為形容動詞的名詞形）	類 大切（重要） （たいせつ）
13	相談 （そうだん）	名・自他サ 商量	類 話し合う（談話） （はな あ）
14	～に拠ると （よ）	自五 根據，依據	類 判斷（判斷） （はんだん）
15	そんな	連體 那樣的	

答案
1 思い出した（おも だ）　2 思う（おも）　3 考えさせ（かんが）　4 はず
5 意見（い けん）　6 仕方（し かた）　7 まま　8 比べる（くら）

明日は休みだということを＿＿＿＿＿。

我想起明天是放假。

悪かったと＿＿＿＿＿なら、謝りなさい。

如果覺得自己不對，就去賠不是。

その問題は、彼に＿＿＿＿＿ます。

我讓他想那個問題。

彼は、年末までに日本にくる＿＿＿＿＿です。

他在年底前，應該會來日本。

あの学生は、いつも＿＿＿＿＿を言いたがる。

那個學生，總是喜歡發表意見。

誰か、上手な洗濯の＿＿＿＿＿を教えてください。

有誰可以教我洗好衣服的方法？

靴もはかない＿＿＿＿＿、走りだした。

沒穿鞋子，就跑起來了！

妹と＿＿＿＿＿と、姉の方がやっぱり美人だ。

跟妹妹比起來，姊姊果然是美女。

彼が来ない＿＿＿＿＿は、電話をくれるはずだ。

他不來的時候，應該會給我電話的。

その服は、あなたが思うほど＿＿＿＿＿じゃないですよ。

那件衣服，其實並沒有你想像中的那麼怪。

彼には、＿＿＿＿＿の練習をやらせています。

讓他進行特殊的練習。

健康の＿＿＿＿＿さを知りました。

領悟到健康的重要性。

なんでも＿＿＿＿＿してください。

什麼都可以找我商量。

天気予報＿＿＿＿＿、７時ごろから雪が降りだすそうです。

根據氣象報告說，七點左右將開始下雪。

＿＿＿＿＿ことはない。

沒那回事。

⑨ 場合　　　⑩ 変　　　⑪ 特別　　　⑫ 大事

⑬ 相談　　　⑭ によると　　　⑮ そんな

5 | 理由與決定

1	ため	名 （表目的）為了；（表原因）因為	類 ので（因為）
2	何故 なぜ	副 為什麼	類 どうして（為什麼）
3	原因 げんいん	名 原因	類 理由 りゆう（理由）
4	理由 りゆう	名 理由，原因	類 事情 じじょう（內情）
5	訳 わけ	名 原因，理由；意思	類 旨 むね（要點）
6	正しい ただ	形 正確；端正	類 正当 せいとう（正當）
7	合う あ	自五 合；一致；正確	類 一致 いっち（相符）
8	必要 ひつよう	名・形動 需要	類 必需 ひつじゅ（必需） 對 不要 ふよう（不需要）
9	宜しい よろ	形 好，可以	類 良い い（好）
10	無理 むり	形動 不合理；勉強；逞強；強求	類 不当 ふとう（不正當） 對 道理 どうり（道理）
11	駄目 だめ	名 不行；沒用；無用	類 無駄 むだ（徒勞）
12	つもり	名 打算；當作	類 覚悟 かくご（決心）
13	決まる き	自五 決定	類 決定 けってい（決定）
14	反対 はんたい	名・自サ 相反；反對	類 異議 いぎ（異議） 對 賛成 さんせい（贊成）

答案	① ため	② なぜ	③ 原因 げんいん	④ 理由 りゆう
	⑤ 訳 わけ	⑥ 正しい ただ	⑦ 合え あ	⑧ 必要 ひつよう

あなたの_____に買ってきたのに、食べないの。

這是特地為你買的，你不吃嗎？

_____留学することにしたのですか。

為什麼決定去留學呢？

_____は、小さなことでございました。

原因是一件小事。

彼女は、_____を言いたがらない。

她不想說理由。

私がそうしたのには、_____があります。

我那樣做，是有原因的。

私の意見が_____かどうか、教えてください。

請告訴我，我的意見是否正確。

時間が_____ば、会いたいです。

如果時間允許，希望能見一面。

_____だったら、さしあげますよ。

如果需要就送您。

_____ば、お茶をいただきたいのですが。

如果可以的話，我想喝杯茶。

病気のときは、_____をするな。

生病時不要太勉強。

そんなことをしたら_____です。

不可以做那樣的事。

父には、そう説明する_____です。

打算跟父親那樣說明。

先生が来るかどうか、まだ_____いません。

老師還沒決定是否要來。

あなたが社長に_____しちゃ、困りますよ。

你要是跟社長作對，我會很頭痛的。

9 よろしけれ　　　10 無理　　　11 だめ
12 つもり　　　13 決まって　　　14 反対

147

6 ｜ 理解

CD2-22

1	経験 _{けいけん}	名・他サ 經驗	類 見聞（見聞） _{けんぶん}
2	事 _{こと}	名 事情	類 事柄（事物的內容） _{ことがら}
3	説明 _{せつめい}	名・他サ 說明	類 解釈（解釋） _{かいしゃく}
4	承知 _{しょうち}	名・他サ 知道，了解，同意；接受	類 受け入れる（接納） _{う い} 對 断る（謝絕） _{ことわ}
5	受ける _う	他下一 接受；受；領得；應考	類 貰う（取得） _{もら}
6	構う _{かま}	自他五 在意，理會；逗弄	類 お節介（多管閒事） _{せっかい}
7	嘘 _{うそ}	名 謊言，說謊	類 偽り（謊言） _{いつわ} 對 真実（真相） _{しんじつ}
8	なるほど	副 原來如此	類 確かに（的確） _{たし}
9	変える _か	他下一 改變；變更	類 改める（改變） _{あらた}
10	変わる _か	自五 變化，改變	類 一新（革新） _{いっしん}
11	あ（っ）	感 啊（突然想起、吃驚的樣子）哎呀；（打招呼）喂	
12	うん	感 對，是	
13	そう	感・副 那樣，這樣	類 それ程（那麼地） _{ほど}
14	～について	連語 關於	

答案　❶ 経験
_{けいけん}　　❷ こと　　❸ 説明
_{せつめい}　　❹ 承知
_{しょうち}
　　　❺ 受け
_う　　❻ かまう　　❼ 嘘
_{うそ}　　❽ なるほど

_____がないまま、この仕事をしている。

我在沒有經驗的情況下，從事這份工作。

おかしい_____を言ったのに、だれも面白がらない。

說了滑稽的事，卻沒人覺得有趣。

後で_____をするつもりです。

我打算稍後再說明。

彼がこんな条件で_____するはずがありません。

他不可能接受這樣的條件。

いつか、大学院を_____たいと思います。

我將來想報考研究所。

あんな男には_____な。

不要理會那種男人。

彼は、_____ばかり言う。

他老愛說謊。

_____、この料理は塩を入れなくてもいいんですね。

原來如此，這道菜不加鹽也行呢！

がんばれば、人生を_____こともできるのだ。

只要努力，人生也可以改變的。

彼は、考えが_____ようだ。

他的想法好像變了。

_____、雨が止みましたね。

啊！停了耶。

_____、僕はUFOを見たことがあるよ。

對，我看過UFO喔！

彼は、_____言いつづけていた。

他不斷地那樣說著。

みんなは、あなたが旅行_____話すことを期待しています。

大家很期待聽你說有關旅行的事。

---

⑨ 変える　　⑩ 変わった　　⑪ あっ

⑫ うん　　⑬ そう　　⑭ について

7 語言與出版物　　　CD2-23

① かいわ 会話	名 會話	類 はなし あ 話し合い（談話）
② はつおん 発音	名 發音	類 アクセント （accent／語調）
③ じ 字	名 字	類 もじ 文字（文字）
④ ぶんぽう 文法	名 文法	
⑤ にっき 日記	名 日記	類 にっし 日誌（日記）
⑥ ぶんか 文化	名 文化；文明	類 ぶんめい 文明（文明） 對 しぜん 自然（自然）
⑦ ぶんがく 文学	名 文學	類 しょうせつ 小説（小說）
⑧ しょうせつ 小説	名 小說	類 つく ばなし 作り話 （虛構的故事）
⑨ テキスト【text】	名 教科書	類 きょうかしょ 教科書（課本）
⑩ まんが 漫画	名 漫畫	類 ぎが 戯画（漫畫）
⑪ ほんやく 翻訳	名・他サ 翻譯	類 やく 訳す（翻譯）

答案
① かいわ
会話
② はつおん
発音
③ じ
字
④ ぶんぽう
文法
⑤ にっき
日記
⑥ ぶんか
文化
⑦ ぶんがく
文学

_____の練習をしても、なかなか上手になりません。

即使練習會話，也始終不見進步。

日本語の_____を直してもらっているところです。

正在請他幫我矯正日語的發音。

田中さんは、_____が上手です。

田中小姐的字寫得很漂亮。

_____を説明してもらいたいです。

想請你說明一下文法。

_____は、もう書きおわった。

日記已經寫好了。

外国の_____について知りたがる。

我想多了解外國的文化。

アメリカ_____は、日本文学ほど好きではありません。

我對美國文學，沒有像日本文學那麼喜歡。

先生がお書きになった_____を読みたいです。

我想看老師所寫的小說。

読みにくい_____ですね。

真是一本難以閱讀的教科書呢！

_____ばかりで、本はぜんぜん読みません。

光看漫畫，完全不看書。

英語の小説を_____しようと思います。

我想翻譯英文小說。

---

⑧ 小説　　　　　⑨ テキスト　　　　⑩ 漫画
⑪ 翻訳

1 時間副詞

● CD2-24

① 急^{きゅう}に	副 突然	類 突然^{とつぜん}（突然）
② これから	連語 接下來，現在起	類 今後^{こんご}（今後）
③ 暫^{しばら}く	副 暫時，一會兒；好久	類 一時^{いちじ}（暫時）
④ ずっと	副 更；一直	類 いつも（隨時、往常）
⑤ そろそろ	副 快要；緩慢	類 間^まもなく（不久）
⑥ 偶^{たま}に	副 偶爾	類 殆^{ほとん}ど（幾乎） 對 度々^{たびたび}（多次）
⑦ 到頭^{とうとう}	副 終於	類 遂^{つい}に（終於）
⑧ 久^{ひさ}しぶり	名・副 許久，隔了好久	類 ひさびさ（許久）
⑨ 先^まず	副 首先，總之	類 とりあえず（總之）
⑩ もう直^すぐ	副 不久，馬上	
⑪ やっと	副 終於，好不容易	類 何^{なん}とか（設法）
⑫ 急^{きゅう}	名・形動 急；突然	

答案　① 急^{きゅう}に　　② これから　　③ しばらく　　④ ずっと
　　　⑤ そろそろ　　⑥ たまに　　⑦ とうとう

車<ruby>くるま<rt>くるま</rt></ruby>は、_____<ruby>止<rt>と</rt></ruby>まることができない。

車子沒辦法突然停下來。

_____、<ruby>母<rt>はは</rt></ruby>にあげるものを<ruby>買<rt>か</rt></ruby>いに<ruby>行<rt>い</rt></ruby>きます。

現在要去買送母親的禮物。

_____<ruby>会社<rt>かいしゃ</rt></ruby>を<ruby>休<rt>やす</rt></ruby>むつもりです。

我打算暫時向公司請假。

_____ほしかったギターをもらった。

收到一直想要的吉他。

_____<ruby>2時<rt>じ</rt></ruby>でございます。

快要兩點了。

_____<ruby>祖父<rt>そふ</rt></ruby>の<ruby>家<rt>いえ</rt></ruby>に<ruby>行<rt>い</rt></ruby>かなければならない。

偶爾得去祖父家才行。

_____、<ruby>国<rt>くに</rt></ruby>に<ruby>帰<rt>かえ</rt></ruby>ることになりました。

終於決定要回國了。

_____に、<ruby>卒業<rt>そつぎょう</rt></ruby>した<ruby>学校<rt>がっこう</rt></ruby>に<ruby>行<rt>い</rt></ruby>ってみた。

隔了許久才回畢業的母校看看。

_____ここにお<ruby>名前<rt>なまえ</rt></ruby>をお<ruby>書<rt>か</rt></ruby>きください。

首先請在這裡填寫姓名。

この<ruby>本<rt>ほん</rt></ruby>は、_____<ruby>読<rt>よ</rt></ruby>み<ruby>終<rt>お</rt></ruby>わります。

這本書馬上就要看完了。

_____<ruby>来<rt>き</rt></ruby>てくださいましたね。

您終於來了。

_____な<ruby>用事<rt>ようじ</rt></ruby>。

急事。

---

⑧ <ruby>久<rt>ひさ</rt></ruby>しぶり   ⑨ まず   ⑩ もうすぐ

⑪ やっと   ⑫ <ruby>急<rt>きゅう</rt></ruby>

2 ｜ 程度副詞

🔘 CD2-25

① 幾ら〜ても〔いく〕	副 無論〜也不〜	
② 一杯〔いっぱい〕	副 滿滿地；很多	類 充実（充實）〔じゅうじつ〕
③ 随分〔ずいぶん〕	副 相當地	類 可成り（相當）〔かな〕
④ すっかり	副 完全，全部	類 全て（一切）〔すべ〕
⑤ 全然〔ぜんぜん〕	副（接否定）完全不〜，一點也不〜	類 何にも（什麼也〜）〔なん〕
⑥ そんなに	連體 那麼，那樣	類 それ程（那麼地）〔ほど〕
⑦ それ程〔ほど〕	副 那麼地	類 そんなに（那麼〜）
⑧ 大体〔だいたい〕	副 大部分；大致，大概	類 凡そ（大概）〔およ〕
⑨ 大分〔だいぶ〕	副 相當地	類 随分（非常）〔ずいぶん〕
⑩ ちっとも	副 一點也不〜	類 少しも（一點也不〜）〔すこ〕
⑪ 出来るだけ〔でき〕	副 盡可能地	類 精々（盡可能）〔せいぜい〕

答案　❶ いくら／ても　❷ いっぱい　❸ ずいぶん　❹ すっかり
　　　❺ ぜんぜん　❻ そんなに　❼ それほど

_____ほしく_____、これはさしあげられません。

無論你多想要，這個也不能給你。

そんなに_____くださったら、多<ruby>多<rt>おお</rt></ruby>すぎます。

您給我那麼多，太多了。

<ruby>彼<rt>かれ</rt></ruby>は、「_____<ruby>立派<rt>りっぱ</rt></ruby>な<ruby>家<rt>いえ</rt></ruby>ですね。」と<ruby>言<rt>い</rt></ruby>った。

他說：「真是相當豪華的房子呀」。

<ruby>部屋<rt>へ や</rt></ruby>は_____<ruby>片付<rt>かた づ</rt></ruby>けてしまいました。

房間全部整理好了。

_____<ruby>勉強<rt>べんきょう</rt></ruby>したくないのです。

我一點也不想唸書。

_____<ruby>見<rt>み</rt></ruby>たいなら、<ruby>見<rt>み</rt></ruby>せてさしあげますよ。

那麼想看的話，就給你看吧！

<ruby>映画<rt>えい が</rt></ruby>が、_____<ruby>面白<rt>おもしろ</rt></ruby>くなくてもかまいません。

電影不怎麼有趣也沒關係。

<ruby>練習<rt>れんしゅう</rt></ruby>して、この<ruby>曲<rt>きょく</rt></ruby>は_____<ruby>弾<rt>ひ</rt></ruby>けるようになった。

練習以後，大致會彈這首曲子了。

_____<ruby>元気<rt>げん き</rt></ruby>になりましたから、もう<ruby>薬<rt>くすり</rt></ruby>を<ruby>飲<rt>の</rt></ruby>まなくてもいいです。

已經好很多了，所以不吃藥也沒關係的。

<ruby>お菓子<rt>か し</rt></ruby>ばかり<ruby>食<rt>た</rt></ruby>べて、_____<ruby>野菜<rt>や さい</rt></ruby>を<ruby>食<rt>た</rt></ruby>べない。

光吃甜點，青菜一點也不吃。

_____<ruby>お手伝<rt>て つだ</rt></ruby>いしたいです。

我會盡力幫忙的。

8 だいたい　　9 だいぶ　　10 ちっとも

11 できるだけ

CD2-25

⑫	なかなか **中々**	副 （後接否定）總是無法	類 どうしても （無論如何）
⑬	**なるべく**	副 盡量，盡可能	類 出来るだけ （盡可能）
⑭	**ばかり**	副助 光，淨	類 だけ（僅僅）
⑮	ひじょう **非常に**	副 非常，很	類 とても（非常～）
⑯	べっ **別に**	副 分開；額外；除外； （後接否定）（不）特 別，（不）特殊	類 特に（特地，特別）
⑰	ほど **程**	副助 ～的程度	
⑱	ほとん **殆ど**	副 幾乎	類 あまり（不太～）
⑲	わりあい **割合に**	副 比較地	類 割に（分外）
⑳	じゅうぶん **十分**	副・形動 充分，足夠	類 満足（満足） 對 不十分（不充足）
㉑	**もちろん**	副 當然	
㉒	**やはり**	副 依然，仍然	

答案　⑫ なかなか　⑬ なるべく　⑭ ばかり　⑮ 非常に
　　　⑯ 別に　⑰ ほど　⑱ ほとんど　⑲ 割合に

_____さしあげる機会(きかい)がありません。

始終沒有送他的機會。

_____明日(あした)までにやってください。

請盡量在明天以前完成。

そんなこと_____言わないで、元気(げんき)を出(だ)して。

別淨說那樣的話,打起精神來。

王(おう)さんは、_____元気(げんき)そうです。

王先生看起來很有精神。

_____教(おし)えてくれなくてもかまわないよ。

不教我也沒關係。

あなた_____上手(じょうず)な文章(ぶんしょう)ではありませんが、なんとか

書(か)き終(お)わったところです。

我的文章程度沒有你寫得好,但總算是完成了。

みんな、_____食(た)べ終(お)わりました。

大家幾乎用餐完畢了。

東京(とうきょう)の冬(ふゆ)は、_____寒(さむ)いだろうと思(おも)う。

我想東京的冬天,應該比較冷吧!

昨日(きのう)は、_____お休(やす)みになりましたか。

昨晚有好好休息了嗎?

_____あなたは正(ただ)しい。

當然你是對的。

子供(こども)は_____子供(こども)だ。

小孩終究是小孩。

⑳ 十分(じゅうぶん)　　　　　㉑ もちろん　　　　　㉒ やはり

157

3 ｜ 思考、狀態副詞　　● CD2-26

①	ああ	副 那樣	類 あのように（那樣）
②	確か	形動・副 確實，可靠；大概	類 確実（確實）
③	如何	副 如何，怎麼樣	類 どう（怎麼樣）
④	必ず	副 一定，務必，必須	類 確かに（的確） 對 恐らく（恐怕）
⑤	代わり	副 代替，替代；交換	類 代替（代替）
⑥	きっと	副 一定，務必	類 必ず（必定）
⑦	決して	副 （後接否定）絕對（不）	對 絶対（絕對）
⑧	こう	副 如此；這樣，這麼	
⑨	確り	副・自サ 紮實，落實；可靠	類 確実（確實）
⑩	是非	副 務必；好與壞	類 どうしても （無論如何）
⑪	例えば	副 例如	
⑫	特に	副 特地，特別	類 特別（特別）
⑬	はっきり	副 清楚	類 明らか（顯然）
⑭	若し	副 如果，假如	類 或は（或者）
⑮	やはり／やっぱり	副 還是，仍然	類 果たして（果真）

答案　① ああ　② 確か　③ いかが　④ 必ず
　　　⑤ 代わり　⑥ きっと　⑦ 決して　⑧ こう

私_{わたし}があの時_{とき}＿＿＿＿＿＿言_いったのは、よくなかったです。
我當時那樣說並不恰當。

＿＿＿＿＿＿、彼_{かれ}もそんな話_{はなし}をしていました。
他確實也說了那樣的話。

こんな洋服_{ようふく}は、＿＿＿＿＿＿ですか。
這一類的洋裝，您覺得如何？

この仕事_{しごと}を10時_じまでに＿＿＿＿＿＿やっておいてね。
十點以前一定要完成這個工作。

父_{ちち}の＿＿＿＿＿＿に、その仕事_{しごと}をやらせてください。
請讓我代替父親，做那個工作。

＿＿＿＿＿＿彼_{かれ}が行_いくことになるでしょう。
一定會是他去吧！

このことは、＿＿＿＿＿＿だれにも言_いえない。
這件事我絕沒辦法跟任何人說。

そうしてもいいが、＿＿＿＿＿＿することもできる。
雖然那樣也可以，但這樣做也可以。

ビジネスのやりかたを、＿＿＿＿＿＿勉強_{べんきょう}してきます。
我要紮紮實實去學做生意回來。

あなたの作品_{さくひん}を＿＿＿＿＿＿読_よませてください。
請務必讓我拜讀您的作品。

＿＿＿＿＿＿、こんなふうにしたらどうですか。
例如像這樣擺可以嗎？

＿＿＿＿＿＿、手伝_{てつだ}ってくれなくてもかまわない。
不用特地來幫忙也沒關係。

君_{きみ}は＿＿＿＿＿＿言_いいすぎる。
你說得太露骨了。

＿＿＿＿＿＿ほしければ、さしあげます。
如果想要就送您。

＿＿＿＿＿＿、がんばってみます。
我還是再努力看看。

⑨ しっかり　　⑩ ぜひ　　⑪ 例_{たと}えば　　⑫ 特_{とく}に
⑬ はっきり　　⑭ もし　　⑮ やはり／やっぱり

159

4 接續詞、接助詞與接尾詞、接頭詞

CD2-27

1	すると	接續 於是；這樣一來	類 その後（後來）
2	それで	接續 後來，那麼	類 其処で（<轉移話題>那麼）
3	それに	接續 而且，再者	類 その上（而且）
4	だから	接續 所以，因此	類 ので（因此）
5	又は	接續 或者	類 あるいは（或者）
6	けれど／けれども	接助 但是	類 しかし（但是）
7	～置き	接尾 每隔～	
8	～月	接尾 ～月	
9	～会	接尾 ～會	類 集まり（集會）
10	～倍	名・接尾 倍，加倍	
11	～軒	接尾 ～間，～家	類 屋根（屋頂）
12	～ちゃん	接尾 （表親暱稱謂）小～	對 ちゃん（小～）
13	～君	接尾 君	對 くん（君）

答案
1 すると　　2 それで　　3 それに　　4 だから
5 または　　6 けれど　　7 おき

_____、あなたは明日学校に行かなければならないのですか。

這樣一來，你明天不就得去學校了嗎？

_____、いつまでに終わりますか。

那麼，什麼時候結束呢？

その映画は面白いし、_____歴史の勉強にもなる。

這電影不僅有趣，又能從中學到歷史。

明日はテストです。_____、今準備しているところです。

明天考試。所以，現在正在準備。

ペンか、_____鉛筆をくれませんか。

可以給我筆或鉛筆嗎？

夏の暑さは厳しい_____、冬は過ごしやすいです。

那裡夏天的酷熱非常難受，但冬天很舒服。

天気予報によると、1日_____に雨が降るそうだ。

根據氣象報告，每隔一天會下雨。

一_____一日、ふるさとに帰ることにした。

我決定一月一日回鄉下。

展覧_____は、終わってしまいました。

展覽會結束了。

今年から、_____の給料をもらえるようになりました。

今年起可以領到雙倍的薪資了。

村には、薬屋が3_____もあるのだ。

村裡竟有3家藥局。

まい_____は、何にする。

小舞，你要什麼？

田中_____でも、誘おうかと思います。

我在想是不是也邀請田中君。

8 月　　　　9 会　　　　10 倍
11 軒　　　　12 ちゃん　　13 君

⑭ ～様<ruby>様<rt>さま</rt></ruby>	接尾 先生，小姐	類 さん（先生，小姐）
⑮ ～目<ruby>目<rt>め</rt></ruby>	接尾 第～	
⑯ ～家<ruby>家<rt>か</rt></ruby>	接尾 ～家	
⑰ ～式<ruby>式<rt>しき</rt></ruby>	接尾 ～典禮	類 儀式<ruby>儀式<rt>ぎしき</rt></ruby>（儀式）
⑱ ～製<ruby>製<rt>せい</rt></ruby>	接尾 ～製	
⑲ ～代<ruby>代<rt>だい</rt></ruby>	接尾 （年齡範圍）～多歲	類 世代<ruby>世代<rt>せだい</rt></ruby>（世代）
⑳ ～出<ruby>出<rt>だ</rt></ruby>す	接尾 開始～	
㉑ ～難<ruby>難<rt>にく</rt></ruby>い／～悪<ruby>悪<rt>にく</rt></ruby>い	接尾 難以，不容易	類 難<ruby>難<rt>かた</rt></ruby>い（難以～）
㉒ ～やすい	接尾 容易～	類 がち（往往）
㉓ ～過<ruby>過<rt>す</rt></ruby>ぎる	接尾 過於～	類 過度<ruby>過度<rt>かど</rt></ruby>（過度）
㉔ 御<ruby>御<rt>ご</rt></ruby>～	接頭 貴（接在跟對方有關的事物、動作的漢字詞前）表示尊敬語、謙讓語	類 お（<表尊敬>貴）
㉕ ～ながら	接助 一邊～，同時～	類 つつ（一面～一面～）
補 ～方<ruby>方<rt>かた</rt></ruby>	接尾 ～方法	

答案 ⑭ 様<ruby>様<rt>さま</rt></ruby>　⑮ 目<ruby>目<rt>め</rt></ruby>　⑯ 家<ruby>家<rt>か</rt></ruby>　⑰ 式<ruby>式<rt>しき</rt></ruby>
⑱ 製<ruby>製<rt>せい</rt></ruby>　⑲ 代<ruby>代<rt>だい</rt></ruby>／代<ruby>代<rt>だい</rt></ruby>　⑳ だした

山田_____、どうぞお入りください。
山田先生，請進。

田中さんは、右から3人_____の人だと思う。
我想田中應該是從右邊算起的第三位。

この問題は、専門_____でも難しいでしょう。
這個問題，連專家也會被難倒吧！

入学_____の会場はどこだい？
開學典禮的禮堂在哪裡？

先生がくださった時計は、スイス_____だった。
老師送我的手錶，是瑞士製的。

この服は、30_____とか40_____とかの人のために作られました。
這件衣服是為三、四十多歲的人做的。

うちに着くと、雨が降り_____。
一到家，便開始下起雨來了。

食べ_____ば、スプーンを使ってください。
如果不方便吃，請用湯匙。

風邪をひき_____ので、気をつけなくてはいけない。
容易感冒，所以得小心一點。

5時を_____ので、もううちに帰ります。
已經五點多了，我要回家了。

_____近所にあいさつをしなくてもいいですか。
不跟（貴）鄰居打聲招呼好嗎？

子どもが、泣き_____走ってきた。
小孩邊哭邊跑過來。

作り_____を学ぶ。
學習做法。

㉑ にくけれ　　　　㉒ やすい　　　　㉓ 過ぎた
㉔ ご　　　　㉕ ながら　　　　補 方

5 尊敬與謙讓用法

🔘 CD2-28

❶	いらっしゃる	自五 來，去，在（尊敬語）	類 行く、来る（去；來）
❷	おいでになる	自五 來，去，在（尊敬語）	類 行く、来る（去；來）
❸	ご存<ruby>存<rt>ぞん</rt></ruby><ruby>知<rt>じ</rt></ruby>	名 您知道（尊敬語）	類 <ruby>理解<rt>りかい</rt></ruby>（理解）
❹	ご<ruby>覧<rt>らん</rt></ruby>になる	他五 看，閱讀（尊敬語）	類 <ruby>見<rt>み</rt></ruby>る（看）
❺	なさる	他五 做	類 する（做）
❻	<ruby>召<rt>め</rt></ruby>し<ruby>上<rt>あ</rt></ruby>がる	他五 （敬）吃，喝	類 <ruby>食<rt>た</rt></ruby>べる（吃）
❼	<ruby>致<rt>いた</rt></ruby>す	自他五 （"する"的謙恭說法）做，辦；致；有～，感覺～	類 する（做）
❽	<ruby>頂<rt>いただ</rt></ruby>く／<ruby>戴<rt>いただ</rt></ruby>く	他五 接收；領取；吃，喝	類 <ruby>受<rt>う</rt></ruby>け<ruby>取<rt>と</rt></ruby>る（接收）
❾	<ruby>伺<rt>うかが</rt></ruby>う	他五 拜訪；打聽（謙讓語）	類 <ruby>訪<rt>おとず</rt></ruby>れる（訪問）
❿	おっしゃる	他五 說，講，叫	類 <ruby>言<rt>い</rt></ruby>う（說）

答案
① いらっしゃら　② おいでになり　③ ご<ruby>存知<rt>ぞんじ</rt></ruby>　④ ごらんになる
⑤ なさった　⑥ <ruby>召<rt>め</rt></ruby>し<ruby>上<rt>あ</rt></ruby>がり　⑦ <ruby>致<rt>いた</rt></ruby>し

忙<ruby>いそが</ruby>しければ、_____なくてもいいですよ。

如果很忙，不來也沒關係的。

明日<ruby>あした</ruby>のパーティーに、社長<ruby>しゃちょう</ruby>は_____ますか。

明天的派對，社長會蒞臨嗎？

_____のことをお教<ruby>おし</ruby>えください。

請告訴我您所知道的事。

ここから、富士山<ruby>ふじさん</ruby>を_____ことができます。

從這裡可以看到富士山。

どうして、あんなことを_____のですか。

您為什麼會做那種事呢？

お菓子<ruby>かし</ruby>を_____ませんか。

要不要吃一點點心呢？

このお菓子<ruby>かし</ruby>は、変<ruby>か</ruby>わった味<ruby>あじ</ruby>が_____ますね。

這個糕點有奇怪的味道。

その品物<ruby>しなもの</ruby>は、私<ruby>わたし</ruby>が_____かもしれない。

那商品也許我會接收。

先生<ruby>せんせい</ruby>のお宅<ruby>たく</ruby>に_____ことがあります。

我拜訪過老師家。

なにか_____ましたか。

您說什麼呢？

8 いただく　　　　9 うかがった　　　　10 おっしゃい

⑪ 下さる	他五 給，給予	類 呉れる（給予）
⑫ 差し上げる	他下一 給（"あげる"謙讓語）	類 与える（給予）
⑬ 拝見・する	名・他サ 看，拜讀	類 見る（看）
⑭ 参る	自五 來，去（"行く、来る"的謙讓語）	類 行く、来る（去／來）
⑮ 申し上げる	他下一 說（「言う」的謙讓語）	類 話す（講）
⑯ 申す	自五 說，叫	類 言う（說）
⑰ ～ございます	特殊形 "ある"、"あります"的鄭重說法表示尊敬，可不解釋	類 在る（事物存在的狀態）
⑱ ～でございます	自・特殊形 "だ"、"です"、"である"的鄭重說法	類 である（表斷定、說明）
⑲ 居る	自五 （謙讓語）有	
⑳ 存じ上げる	他下一 知道（自謙語）	

答案	⑪ くださった	⑫ 差し上げた	⑬ 拝見した	⑭ まいり
	⑮ 申し上げ	⑯ 申し	⑰ ございます	⑱ でございます

先生が、今本を＿＿＿＿＿ところです。

老師剛把書給我。

＿＿＿＿＿薬を、毎日お飲みになってください。

開給您的藥，請每天服用。

写真を＿＿＿＿＿ところです。

剛看完您的照片。

ご都合がよろしかったら、2時に＿＿＿＿＿ます。

如果您時間方便，我兩點過去。

先生にお礼を＿＿＿＿＿ようと思います。

我想跟老師道謝。

「雨が降りそうです。」と＿＿＿＿＿ました。

我說：「好像要下雨了」。

山田はただいま接客中で＿＿＿＿＿。

山田正在和客人會談。

店員は、「こちらはたいへん高級なワイン＿＿＿＿＿。」
と言いました。

店員說：「這是非常高級的葡萄酒」。

社長は今＿＿＿＿＿。

社長現在不在。

お名前は＿＿＿＿＿おります。

久仰大名。

⑲ おりません　　　⑳ 存じ上げて

167

MEMO

出擊！大作戰！

單字
中階版

サルでもわかる神業
カミワザ

小菜一碟！猴子也學得會！

吉松由美◎著

日語自學

第一回　新制日檢模擬考題
第二回　新制日檢模擬考題
第三回　新制日檢模擬考題

＊以「國際交流基金日本國際教育支援協會」的「新しい『日本語能
力試験』ガイドブック」為基準的三回「文字・語彙　模擬考題」

問題1　漢字讀音問題　應試訣竅

　　這一題要考的是漢字讀音問題。出題形式改變了一些，但考點是一樣的。預估出9題。

　　漢字讀音分音讀跟訓讀，預估音讀跟訓讀將各佔一半的分數。音讀中要注意的有濁音、長短音、促音、撥音…等問題。而日語固有讀法的訓讀中，也要注意特殊的讀音單字。當然，發音上有特殊變化的單字，出現比率也不低。我們歸納分析一下：

1. 音讀：接近國語發音的音讀方法。如：「花」唸成「か」、「犬」唸成「けん」。
2. 訓讀：日本原來就有的發音。如：「花」唸成「はな」、「犬」唸成「いぬ」。
3. 熟語：由兩個以上的漢字組成的單字。如：練習、切手、每朝、見本、為替等。其中還包括日本特殊的固定讀法，就是所謂的「熟字訓読み」。如：「小豆」（あずき）、「土産」（みやげ）、「海苔」（のり）等。
4. 發音上的變化：字跟字結合時，產生發音上變化的單字。如：春雨（はるさめ）、反応（はんのう）、酒屋（さかや）等。

もんだい１　＿＿＿＿のことばはどうよみますか。１・２・３・４からいちばんいいものを一つえらんでください。

[1]　かれにもらった指輪をなくしてしまったようです。
　1　よびわ　　　　　2　ゆびは　　　　　3　ゆびわ　　　　　4　ゆひは

2 この文法がまちがっている<u>理由</u>をおしえてください。
1 りよう　　　　　　2 りゆ　　　　3 りいよう　　　4 りゆう

3 <u>運転手</u>さんに文化かいかんへの行き方を聞きました。
1 うんでんしょ　　　　　　　　2 うんでんしょ
3 うんてんしゅう　　　　　　　4 うんてんしゅ

4 校長せんせいのおはなしがおわったら、すいえいの<u>競争</u>がはじまります。
1 きょそう　　　　　2 きょうそ　　　3 きょうそう　　　4 きょうそお

5 ことし100さいになる男性もパーティーに<u>招待</u>されました。
1 しょうたい　　　　2 しょうだい　　　3 しょおたい　　　4 しょうた

6 <u>小説</u>をよみはじめるまえに食料品をかいにスーパーへいきます。
1しょうせつ　　　　2 しょおせつ　　　3 しゃせつ　　　4 しょうせっつ

7 <u>果物</u>のおさけをつくるときは、3かげつぐらいつけたほうがいい。
1 くたもの　　　　　2 くだもん　　　3 くだもの　　　4 くだも

8 <u>再来月</u>、祖母といっしょに展覧会にいくつもりです。
1 さいらいげつ　　　2 らいげつ　　　3 さらいげつ　　　4 さらいつき

9 <u>美術館</u>にゴッホの作品が展示されています。
1 みじゅつかん　　　　　　　　2 びじゅつかん
3 めいじゅつかん　　　　　　　4 げいじゅつかん

問題2　漢字書寫問題　應試訣竅

　　這一題要考的是漢字書寫問題，出題形式改變了一些，但考點是一樣的。問題預估為6題。

　　這道題要考的是音讀漢字跟訓讀漢字，預估將各佔一半的分數。音讀漢字考點在識別詞的同音異字上，訓讀漢字考點在掌握詞的意義，及該詞的表記漢字上。

　　解答方式，首先要仔細閱讀全句，從句意上判斷出是哪個詞，浮想出這個詞的表記漢字，確定該詞的漢字寫法。也就是根據句意確定詞，根據詞意來確定字。如果只看畫線部分，很容易張冠李戴，要小心。

もんだい2 _____のことばはどうかきますか。1・2・3・4からいちばんいいものを一つえらんでください。

10 ねつが36どまでさがったから、もう心配しなくていいです。
　　1　塾　　　　　　2　熱　　　　　　3　熟　　　　　　4　勢

11 へやのすみは道具をつかってきれいにそうじしなさい。
　　1　遇　　　　　　2　隅　　　　　　3　禺　　　　　　4　偶

12 にほんせいの機械はとても高いそうですよ。
　　1　姓　　　　　　2　性　　　　　　3　製　　　　　　4　制

13 ごぞんじのとおり、このパソコンはこしょうしています。
　　1　古障　　　　　2　故障　　　　　3　故章　　　　　4　故症

14 事務所のまえに<u>ちゅうしゃじょう</u>がありますので、くるまできてもいいですよ。

   1　注車場　　　　　2　往車場　　　　3　駐車場　　　　4　駐車所

15 <u>くつ</u>のなかに砂がはいって、あるくといたいです。

   1　靴　　　　　　　2　鞍　　　　　　3　鞄　　　　　　4　鞘

這一題要考的是選擇符合文脈的詞彙問題。這是延續舊制的出題方式，問題預估為10題。

這道題主要測試考生是否能正確把握詞義，如類義詞的區別運用能力，及能否掌握日語的獨特用法或固定搭配等等。預測名詞、動詞、形容詞、副詞的出題數都有一定的配分。另外，外來語也估計會出一題，要多注意。

由於我們的國字跟日本的漢字之間，同形同義字佔有相當的比率，這是我們得天獨厚的地方。但相對的也存在不少的同形不同義的字，這時候就要注意，不要太拘泥於國字的含義，而混淆詞義。應該多從像「暗号で送る」（用暗號發送）、「絶対安静」（得多靜養）、「口が堅い」（口風很緊）等日語固定的搭配，或獨特的用法來做練習才是。以達到加深對詞義的理解、觸類旁通、豐富詞彙量的目的。

もんだい3　（　　　）になにをいれますか。1・2・3・4からいちばんいいものを一つえらんでください。

16 さむいのがすきですから、＿＿＿＿＿＿はあまりつけません。
1　だんぼう　　　　2　ふとん　　　　3　コート　　　　4　れいぼう

17 きのう、おそくねたので、きょうは＿＿＿＿＿＿。
1　うんてんしました　　　　　　2　うんどうしました
3　ねぼうしました　　　　　　　4　すべりました

18 6じを＿＿＿＿＿＿、しょくじにしましょうか。
1　きたら　　　　2　くると　　　　3　まえ　　　　4　すぎたら

19 けんきゅうしつのせんせいは、せいとにとても_____です。
  1　くらい　　　　　　2　うれしい　　　　3　きびしい　　　4　ひどい

20 かいしゃにいく_____、ほんやによりました。
  1　うちに　　　　　　2　あいだ　　　　　3　ながら　　　　4　とちゅうで

21 おとうとをいじめたので、ははに_____。
  1　しっかりしました　　　　　　　　2　しっぱいしました
  3　よばれました　　　　　　　　　　4　しかられました

22 もう_____だとおもいますが、アメリカにりゅうがくすることになりました。
  1　ごちそう　　　　　2　ごくろう　　　　3　ごぞんじ　　　4　ごらん

23 かぜをひいたので、あさから_____がいたいです。
  1　こえ　　　　　　　2　のど　　　　　　3　ひげ　　　　　4　かみ

24 こうこうせいになったので、_____をはじめることにしました。
  1　カーテン　　　　　2　オートバイ　　　3　アルバイト　　4　テキスト

25 なつやすみになったら、_____おばあちゃんにあいにいこうとおもいます。
  1　ひさしぶりに　　　2　だいたい　　　　3　たぶん　　　　4　やっと

問題4　替換同義詞　應試訣竅

　　這一題要考的是替換同義詞，或同一句話不同表現的問題，這是延續舊制的出題方式，問題預估為5題。

　　這道題的題目預測會給一個句子，句中會有某個關鍵詞彙，請考生從四個選項句中，選出意思跟題目句中該詞彙相近的詞來。看到這種題型，要能馬上反應出，句中關鍵字的類義跟對義詞。如：太る（肥胖）的類義詞有肥える、肥る…等；太る的對義詞有やせる…等。

　　這對這道題，準備的方式是，將詞義相近的字一起記起來。這樣，透過聯想記憶來豐富詞彙量，並提高答題速度。

　　另外，針對同一句話不同表現的「換句話説」問題，可以分成幾種不同的類型，進行記憶。例如：

比較句

○中小企業は大手企業より資金力が乏しい。

○大手企業は中小企業より資金力が豊かだ。

分裂句

○今週買ったのは、テレビでした。

○今週は、テレビを買いました。

○部屋の隅に、ごみが残っています。

○ごみは、部屋の隅にまだあります。

敬語句

○お支払いはいかがなさいますか。

○お支払いはどうなさいますか。

同概念句

○夏休みに桜が開花する。

○夏休みに桜が咲く。

…等。

　　也就是把「換句話説」的句子分門別類，透過替換句的整理，來提高答題正確率。

もんだい4　_____のぶんとだいたいおなじいみのぶんがあります。
　　　1・2・3・4からいちばんいいものを一つえらんでください。

26 ちょうどでんわをかけようとおもっていたところです。
　1 でんわをかけたはずです。
　2 ちょうどでんわをかけていたところです。
　3 これからでんわをかけるところでした。
　4 ちょうどでんわをかけたところです。

27 きのうはなにがつれましたか。
　1 きのうはどんなにくがとれましたか。
　2 きのうはどんなにやさいがとれましたか。
　3 きのうはどんなさかながとれましたか。
　4 きのうはどんなくだものがとれましたか。

28 いそいでいたので、くつしたをはかないままいえをでました。
　1 いそいでいたので、くつしたをはいてからいえをでました。
　2 いそいでいたのに、くつしたをはかずにいえをでました。
　3 いそいでいたのに、くつしたをはいたままいえをでました。
　4 いそいでいたので、くつしたをぬいでいえをでました。

29 いとうせんせいのせつめいは、ひじょうにていねいではっきりしています。
　1 いとうせんせいのせつめいはかんたんです。
　2 いとうせんせいのせつめいはわかりやすいです。
　3 いとうせんせいのせつめいはふくざつです。
　4 いとうせんせいのせつめいはひどいです。

30 <u>きょうはぐあいがわるかったので、えいがにいきませんでした。</u>

1 きょうはべんりがわるかったので、えいがにいきませんでした。

2 きょうはつごうがわるかったので、えいがにいきませんでした。

3 きょうはようじがあったので、えいがにいきませんでした。

4 きょうはたいちょうがわるかったので、えいがにいきませんでした。

　　這一題要考的是判斷語彙正確用法的問題，這是延續舊制的出題方式，問題預估為5題。

　　詞彙在句子中怎樣使用才是正確的，是這道題主要的考點。預測名詞、動詞、形容詞、副詞的出題數都有一定的配分。名詞以2個漢字組成的詞彙為主、動詞有漢字跟純粹假名的、副詞就以往經驗來看，也有一定的比重。

　　針對這一題型，該怎麼準備呢？方法是，平常背詞彙的時候，多看例句，多唸幾遍例句，最好是把單字跟例句一起背。這樣，透過仔細觀察單字在句中的用法與搭配的形容詞、動詞、副詞…等，可以有效增加自己的「日語語感」。而該詞彙是否適合在該句子出現，很容易就感覺出來了。

もんだい5　つぎのことばのつかいかたでいちばんいいものを1・2・3・4から一つえらんでください。

31 ほめる
1 こどもがしゅくだいをわすれたので、ほめました。
2 あのくろいいぬは、ほかのいぬにほめられているようです。
3 わたしのしっぱいですから、そんなにほめないでください。
4 子どもがおてつだいをがんばったので、ほめてあげました。

32 もうすぐ
1 しあいはもうすぐはじまりましたよ。
2 もうすぐおはなみのきせつですね。
3 なつやすみになったので、もうすぐたのしみです。
4 わたしのばんがおわったのでもうすぐほっとしました。

33 ひきだし

1 ひきだしにコートをおいてもいいですよ。

2 ひきだしのうえにテレビとにんぎょうをかざっています。

3 ひきだしからつめたいのみものを出してくれますか。

4 ひきだしにはノートやペンがはいっています。

34 あく

1 ひどいかぜをひいて、すこしあいてしまいました。

2 水曜日のごごなら、時間があいていますよ。

3 テストのてんすうがあまりにあいたので、お母さんにおこられました。

4 朝からなにもたべていませんので、おなかがとてもあいています。

35 まじめに

1 あつい日がつづきますから、おからだどうぞまじめにしてください。

2 それはもうつかいませんから、まじめにかたづければいいですよ。

3 かのじょはしごともべんきょうもまじめにがんばります。

4 あのひとはよくうそをつくので、みんなまじめにはなしをききます。

もんだい１　　　　　のことばはどうよみますか。１・２・３・４からいちば
　　　　　　んいいものを一つえらんでください。

1　かいしゃのまわりはちかてつもあり、交通がとてもべんりです。
　１　こおつ　　　　　　２　こうつう　　　　３　こほつう　　　　４　こうつ

2　警官に事故のことをいろいろはなしました。
　１　けいかん　　　　　２　けいがん　　　　３　けえかん　　　　４　けへかん

3　経済のことなら伊藤さんにうかがってください。かれの専門ですから。
　１　けえざい　　　　　２　けいざい　　　　３　けへざい　　　　４　けいさい

4　社長からの贈り物は今夜届くことになっています。
　１　しゃちょお　　　　２　しゃっちょ　　　３　しゃちょう　　　４　しゃちょ

5　ごはんをたべるまえに歯を磨くのが私の習慣です。
　１　しゅがん　　　　　２　しゅうかん　　　３　しゅかん　　　　４　しょうかん

6　あには政治や法律をべんきょうしています。
　１　ほふりつ　　　　　２　ほうりつ　　　　３　ほりつ　　　　　４　ほおりつ

7　港に着いた時は、もう船がしゅっぱつした後でした。
　１　ふに　　　　　　　２　ふな　　　　　　３　うね　　　　　　４　ふね

8 煙草をたくさん吸うと体に良くないですよ。
  1 たはこ　　　　　2 たばこ　　　　3 たはご　　　4 だはこ

9 何が原因で火事が起こったのですか。
  1 げんいん　　　　2 げえいん　　　3 げいいん　　　4 げいん

もんだい2　_____のことばはどうかきますか。1・2・3・4からいちば んいいものを一つえらんでください。

10　工場に泥棒がはいって、しゃちょうの<u>さいふ</u>がとられました。
　　1　財希　　　　　　2　賺布　　　　　3　財布　　　　4　財巾

11　<u>そぼ</u>が生まれた時代には、エスカレーターはありませんでした。
　　1　阻母　　　　　　2　租母　　　　　3　姐母　　　　4　祖母

12　注射をしたら、もう<u>たいいん</u>してもいいそうです。
　　1　退院　　　　　　2　出院　　　　　3　入院　　　　4　撤院

13　すずき先生いの<u>こうぎ</u>がきけなかったので、とても残念です。
　　1　校義　　　　　　2　講儀　　　　　3　講義　　　　4　講議

14　きょうからタイプを特別に<u>れんしゅう</u>することにしました。
　　1　聯習　　　　　　2　練習　　　　　3　煉習　　　　4　連習

15　なつやすみの計画については、あとでお父さんに<u>そうだん</u>します。
　　1　相談　　　　　　2　想談　　　　　3　想淡　　　　4　相淡

もんだい３　（　　　　）になにをいれますか。１・２・３・４からいちばん
　　　　　　いいものを一つえらんでください。

16 くちにたくさんごはんがはいっているときに、はなしたら_____ですよ。
　1　そう　　　　　　　2　きっと　　　　　3　うん　　　　　4　だめ

17 ずっとまえから、つくえのひきだしが_____。
　1　われています　　　　　　　　　　2　こわれています
　3　こわしています　　　　　　　　　4　とまっています

18 すずきさんは、_____言わないので、何をかんがえているのかよくわかり
ません。
　1　もっと　　　　　　2　はっきり　　　3　さっぱり　　　4　やっぱり

19 いらないなら、_____ほうがへやがかたづきますよ。
　1　もらった　　　　　2　くれた　　　　3　すてた　　　　4　ひろった

20 かぜをひかないように、寝るときはクーラーを_____。
　1　あけません　　　2　けしません　　3　やめません　　4　つけません

21 ちょっと_____がありますので、ごごはおやすみをいただきます。
　1　もの　　　　　　2　おかげ　　　　3　ふべん　　　　4　ようじ

22 あたたかくなってきたので、木にもあたらしい_____がたくさんはえてき
ました。
　1　は　　　　　　　2　つち　　　　　3　くさ　　　　　4　くも

23 えんそくのおべんとうは＿＿＿＿がいいです。

1 ラジオ 　　　　　　　　　　　　　2 サンドイッチ

3 オートバイ 　　　　　　　　　　　4 テキスト

24 ＿＿＿＿かいぎしつにはいっていったのは、いとうさんですか。

1 このごろ 　　　　2 あとは 　　　3 さっき 　　　4 これから

25 そんなにおこって＿＿＿＿いないで、たのしいことをかんがえましょうよ。

1 まま 　　　　　2 だけ 　　　3 おかげ 　　　4 ばかり

もんだい4 ＿＿＿＿のぶんとだいたいおなじいみのぶんがあります。１・
２・３・４からいちばんいいものを一つえらんでください。

26 こうこうせいのあには、アルバイトをしています。
  1 あには何もしごとをしていません。
  2 あにはかいしゃいんです。
  3 あにはときどきしごとに行きます。
  4 あには、まいにち朝から夜まではたらいています。

27 わたしがるすの時に、だれか来たようです。
  1 わたしが家にいない間に、だれか来たようです。
  2 わたしが家にいる時、だれか来たようです。
  3 わたしが家にいた時、だれか来たようです。
  4 わたしが家にいる間に、だれか来たようです。

28 ほうりつとぶんがく、りょうほう勉強することにしました。
  1 ほうりつとぶんがく、どちらも勉強しないことにしました。
  2 ほうりつかぶんがくを勉強することにしました。
  3 ほうりつとぶんがくのどちらかを勉強することにしました。
  4 ほうりつとぶんがく、どちらも勉強することにしました。

29 だいがくの友達からプレゼントがとどきました。
  1 だいがくの友達はプレゼントをうけとりました。
  2 だいがくの友達がプレゼントをおくってくれました。
  3 だいがくの友達へプレゼントをおくりました。
  4 だいがくの友達にプレゼントをあげました。

30 しらせをうけて、母はとてもよろこんでいます。
　1 しらせをうけて、母はとてもさわいでいます。
　2 しらせをうけて、母はとてもおどろいています。
　3 しらせをうけて、母はとてもびっくりしています。
　4 しらせをうけて、母はとてもうれしがっています。

もんだい5　つぎのことばのつかいかたでいちばんいいものを１・２・３・
　　　　４から一つえらんでください。

31 ふくしゅうする
1　２ねんせいがおわるまえに、３ねんせいでならうことを<u>ふくしゅうします</u>。
2　今日ならったことは、家にかえって、すぐ<u>ふくしゅうします</u>。
3　らいしゅうべんきょうすることを<u>ふくしゅうしておきます</u>。
4　あした、がっこうであたらしいぶんぽうを<u>ふくしゅうします</u>。

32 なかなか
1　10ねんかかったじっけんが、ことし<u>なかなか</u>せいこうしました。
2　そらもくらくなってきたので、<u>なかなか</u>かえりましょうよ。
3　いとうさんなら、もう<u>なかなか</u>かえりましたよ。
4　いそがしくて、<u>なかなか</u>おはなしするきかいがありません。

33 かみ
1　なつになったので、<u>かみ</u>をきろうとおもいます。
2　ごはんをたべたあとは、<u>かみ</u>をきれいにみがきます。
3　ちいさいごみが<u>かみ</u>にはいって、かゆいです。
4　がっこうへ行くときにけがをしました。<u>かみ</u>がいたいです。

34 おく
1　かぜをひいて、ねつが40<u>おく</u>ちかくまででました。
2　えきのとなりのデパートをたてるのに３<u>おく</u>かかったそうですよ。
3　わたしのきゅうりょうは、1カ月だいたい30<u>おく</u>あります。
4　さかなやでおいしそうなイカを３<u>おく</u>かいました。

35 ひろう

1 もえないごみは、かようびのあさに<u>ひろいます</u>。

2 すずきさんがかわいいギターをわたしに<u>ひろってくれました</u>。

3 がっこうへいくとちゅうで、500えん<u>ひろいました</u>。

4 いらなくなったほんは、ともだちに<u>ひろう</u>ことになっています。

もんだい１　＿＿＿＿のことばはどうよみますか。１・２・３・４からいちばんいいものを一つえらんでください。

1　わからなかったところをいまから<u>復習</u>します。
　　1　ふくしょう　　　2　ふくしゅう　　　3　ふくしゅ　　　4　ふくしょお

2　おおきな音に<u>驚いて</u>、いぬがはしっていきました。
　　1　おとろいて　　　2　おどろいて　　　3　おどるいて　　　4　おどらいて

3　ベルがなって電車が<u>動き</u>だしました。
　　1　うごき　　　2　ゆごき　　　3　うこき　　　4　うこぎ

4　<u>再来週</u>、柔道の試合がありますから頑張ってれんしゅうします。
　　1　さいらいしゅ　　　　　　　　　2　さえらいしゅう
　　3　さらいしゅう　　　　　　　　　4　さらいしょう

5　<u>祖父</u>は昔、しんぶんしゃではたらいていました。
　　1　そひ　　　2　そふ　　　3　そぼ　　　4　そふぼ

6　世界のいろんなところで<u>戦争</u>があります。
　　1　せんそ　　　2　せんぞう　　　3　せんそお　　　4　せんそう

7　母はとなりのお寺の木をたいせつに<u>育てて</u>います。
　　1　そたてて　　　2　そだてて　　　3　そうだてて　　　4　そったてて

8 かいしゃの事務所に<u>泥棒</u>が入ったそうです。

1 どろほう　　　　2 どろぼ　　　　3 どろぽう　　　　4 どろぼう

9 いとうさんは<u>非常</u>に熱心に発音のれんしゅうをしています。

1 ひっじょう　　　2 ひじょ　　　　3 ひじょう　　　　4 ひしょう

もんだい2 ＿＿＿＿のことばはどうかきますか。 1・2・3・4からいちば
んいいものを一つえらんでください。

10 かれは<u>しんせつ</u>だし、優しいし、クラスのにんきものです。
1　新切　　　　　2　真切　　　　　3　親窃　　　　　4　親切

11 台風のせいで、水道も<u>でんき</u>もとまってしまいました。
1　電機　　　　　2　電気　　　　　3　電池　　　　　4　電器

12 <u>しょうらい</u>、法律にかんする仕事をしたいとおもっています。
1　将來　　　　　2　将来　　　　　3　未来　　　　　4　蒋来

13 この問題ちょっと<u>ふくざつ</u>ですから、みなでかんがえましょう。
1　複雑　　　　　2　复雑　　　　　3　複雑　　　　　4　復雑

14 おおきな地震が起きて、たくさんの家が<u>こわれました</u>。
1　割れました　　2　壊れました　　3　崩れました　　4　破れました

15 海岸のちかくは<u>きけん</u>ですから、一人でいってはいけませんよ。
1　危剣　　　　　2　危険　　　　　3　危倹　　　　　4　棄験

もんだい3　（　　　）になにをいれますか。1・2・3・4からいちばん
　　　　　いいものを一つえらんでください。

16　ふるいじしょですが、つかいやすいし、とても＿＿＿＿＿。
　　1　だします　　　　　　　　　　2　やくにたちます
　　3　みつかります　　　　　　　　4　ひらきます

17　はるになると、あのこうえんにはきれいなはながたくさん＿＿＿＿＿。
　　1　のびます　　　　2　でます　　　　3　さきます　　　4　あきます

18　このいしは、せかいにひとつしかないとても＿＿＿＿＿ものです。
　　1　ほそい　　　　　2　めずらしい　　3　うれしい　　　4　ほしい

19　15＿＿＿＿＿3は5です。
　　1　たす　　　　　　2　ひく　　　　　3　かける　　　　4　わる

20　こたえがわかるひとは、てを＿＿＿＿＿くださいね。
　　1　あけて　　　　　2　たって　　　　3　たてて　　　　4　あげて

21　あそこでたのしそうに＿＿＿＿＿のが、わたしのおにいちゃんです。
　　1　はしっている　　2　おこっている　3　しっている　　4　わかっている

22　おいしゃさんに、らいしゅうには＿＿＿＿＿できるといわれました。
　　1　たいいん　　　　2　そつぎょう　　3　ていいん　　　4　にゅうがく

23 いもうとのけっこんしきには、＿＿＿＿＿をきていくつもりです。

　　1　もめん　　　　2　くつした　　　3　きもの　　　　4　ぼうし

24 ＿＿＿＿＿のじゅぎょうでは、よくじっけんをします。

　　1　ぶんがく　　　　2　ほうりつ　　　3　けいざい　　　　4　かがく

25 ぼくの＿＿＿＿＿は、しゃちょうになることです。

　　1　ほし　　　　　2　ゆめ　　　　　3　そら　　　　　4　つき

もんだい4 ＿＿＿＿のぶんとだいたいおなじいみのぶんがあります。 1・
2・3・4からいちばんいいものを一つえらんでください。

26 いもうとは、むかしから体がよわいです。
1 いもうとはむかしから、とても元気です。
2 いもうとはむかしから、ほとんどかぜをひきません。
3 いもうとはむかしから、よくびょうきをします。
4 いもうとはむかしから、ほとんどびょういんへ行きません。

27 もうおそいですから、そろそろしつれいします。
1 もうおそいですから、そろそろ寄ります。
2 もうおそいですから、そろそろむかえに行きます。
3 もうおそいですから、そろそろ来ます。
4 もうおそいですから、そろそろ帰ります。

28 ぶたにくいがいは、何でもすきです。
1 どんなにくも、すきです。
2 ぶたにくだけ、すきです。
3 ぶたにくだけはすきではありません。
4 ぶたにくもほかのにくも何でもすきです。

29 木のしたに、ちいさなむしがいました。
1 木のしたで、ちいさなむしをみつけました。
2 木のしたで、ちいさなむしをけんぶつしました。
3 木のしたで、ちいさなむしをひろいました。
4 木のしたに、ちいさなむしをおきました。

30 だいたいみっかおきに、家に電話をかけます。
  1 だいたい毎月みっかごろに、家に電話をかけます。
  2 だいたい1週間に2かい、家に電話をかけます。
  3 だいたい1日に2、3かい、家に電話をかけます。
  4 だいたい3時ごろに、家に電話をかけます。

もんだい5　つぎのことばのつかいかたでいちばんいいものを１・２・３・
　　　　　４から一つえらんでください。

31　へん

1　テレビのちょうしがちょっと<u>へん</u>です。

2　くすりをのんでから、ずいぶん<u>へん</u>になりました。よかったです。

3　このふくは<u>へん</u>で、つかいやすいです。

4　すずきさんはいつもとても<u>へん</u>にいいます。

32　たおれる

1　ラジオが雨にぬれて<u>たおれて</u>しまいました。

2　コップがテーブルから<u>たおれました</u>。

3　今日はみちが<u>たおれ</u>やすいので、気をつけてね。

4　だいがくのよこの大きな木が、かぜで<u>たおれました</u>。

33　きっと

1　太郎くんが<u>きっと</u>てつだってくれたので、もうできました。

2　４年間がんばって、<u>きっと</u>だいがくにごうかくしました。

3　私のきもちは<u>きっと</u>きめてあります。

4　<u>きっと</u>だいじょうぶだから、そんなにしんぱいしないで。

34 ねだん

1 がいこくでは、おみせの人にすこし<u>ねだん</u>をあげるそうです。

2 こまかい<u>ねだん</u>は、こちらのさいふに入れています。

3 がんばってはたらいても、1カ月の<u>ねだん</u>は少ないです。

4 気にいりましたので、<u>ねだん</u>がたかくてもかおうと思います。

35 しょうたいする

1 らいげつのしけんに<u>しょうたいして</u>ください。

2 じょうしから、あすのかいぎに<u>しょうたいされました</u>。

3 だいがくのともだちをけっこんしきに<u>しょうたいする</u>つもりです。

4 ちょっとこっちにきて、このさくひんを<u>しょうたいなさい</u>ませんか。

第一回

問題1

1	3	2	4	3	4	4	3	5	1
6	1	7	3	8	3	9	2		

問題2

10	2	11	2	12	3	13	2	14	3
15	1								

問題3

16	1	17	3	18	4	19	3	20	4
21	4	22	3	23	2	24	3	25	1

問題4

26	3	27	3	28	2	29	2	30	4

問題5

31	4	32	2	33	4	34	2	35	3

第二回

問題1

1	2	2	1	3	2	4	3	5	2
6	2	7	4	8	2	9	1		

問題 2

| 10 | 3 | 11 | 4 | 12 | 1 | 13 | 3 | 14 | 2 |
| 15 | 1 |

問題3

| 16 | 4 | 17 | 2 | 18 | 2 | 19 | 3 | 20 | 4 |
| 21 | 4 | 22 | 1 | 23 | 2 | 24 | 3 | 25 | 4 |

問題4

| 26 | 3 | 27 | 1 | 28 | 4 | 29 | 2 | 30 | 4 |

問題5

| 31 | 2 | 32 | 4 | 33 | 1 | 34 | 2 | 35 | 3 |

第三回

問題 1

| 1 | 2 | 2 | 2 | 3 | 1 | 4 | 3 | 5 | 2 |
| 6 | 4 | 7 | 2 | 8 | 4 | 9 | 3 |

問題 2

| 10 | 4 | 11 | 2 | 12 | 2 | 13 | 1 | 14 | 2 |
| 15 | 2 |

問題3

16	2	17	3	18	2	19	4	20	4
21	1	22	1	23	3	24	4	25	2

問題4

26	3	27	4	28	3	29	1	30	2

問題5

31	1	32	4	33	4	34	4	35	3

MEMO

出擊！

日語單字
自學大作戰

中階版
Step 2

索　引
Japanese Index

索引 Sakuin / Japanese Index

206

211

MEMO

王牌の情境圖解生活 800日單字

背過的單字就變成是你自己的

[25K+MP3]

【即學即用 05】

■ 發行人／林德勝

■ 著者／吉松由美

■ 出版發行／山田社文化事業有限公司
　地址　臺北市大安區安和路一段112巷17號7樓
　電話　02-2755-7622　02-2755-7628
　傳真　02-2700-1887

■ 郵政劃撥／19867160號　大原文化事業有限公司

■ 總經銷／聯合發行股份有限公司
　地址　新北市新店區寶橋路235巷6弄6號2樓
　電話　02-2917-8022
　傳真　02-2915-6275

■ 印刷／上鎰數位科技印刷有限公司

■ 法律顧問／林長振法律事務所　林長振律師

■ 書+MP3／定價　新台幣 329 元

■ 初版／2019年 10 月

STS

山田社

STS

山田社